诗人散文丛书

宗仁发◎著

雪的安慰

花山文艺出版社

河北出版传媒集团

河北·石家庄

图书在版编目（CIP）数据

雪的安慰 / 宗仁发著. -- 石家庄：花山文艺出版社，2023.11
（"诗人散文"丛书 / 霍俊明，商震，郝建国主编）
ISBN 978-7-5511-6451-1

Ⅰ.①雪… Ⅱ.①宗… Ⅲ.①散文集－中国－当代 Ⅳ.①I267

中国国家版本馆CIP数据核字(2023)第017811号

丛 书 名：**"诗人散文"丛书**
主　　编：**霍俊明　商　震　郝建国**
书　　名：**雪的安慰**
　　　　　Xue De Anwei
著　　者：**宗仁发**

责任编辑：林艳辉
责任校对：杨丽英
封面设计：王爱芹
内文制作：保定市万方数据处理有限公司
出版发行：花山文艺出版社（邮政编码：050061）
　　　　　（河北省石家庄市友谊北大街330号）
销售热线：0311-88643299 / 96 / 17
印　　刷：河北新华第一印刷有限责任公司
经　　销：新华书店
开　　本：880 毫米×1230 毫米　1 / 32
印　　张：7.75
字　　数：152千字
版　　次：2023年11月第1版
　　　　　2023年11月第1次印刷
书　　号：ISBN 978-7-5511-6451-1
定　　价：50.00元

目　录
CONTENTS

靖康耻与宋高宗的心思

　　站在阿城大金王朝上京会宁府宫殿的遗址上，我四顾茫然。除了能看到两排寂寞的白杨树，周围只是齐腰深的一片荒草。难道九百多年前就是这里的"蛮夷"把我大宋给欺负得一塌糊涂吗？早年在岳飞的《满江红》中知道了"靖康耻"这个说法，但究竟是怎么个"耻"，却不甚了了，以为至多是大宋被北方的女真人打败，徽钦二帝被掳到北方而已。2014 年 6 月下旬去阿城采风，借机补上了这一堂历史课，说起来这一课补得还真不是滋味。

　　按说我的父系姓宗，依百家姓的说法，应是中原的汉人。而我的母系姓佟，按满族人的说法，应是女真人的后裔。恰好宋朝有个抗金大将就是姓宗，名泽，也可以说，这宋、金的战争就是咱家父母两边先人的龃龉。要是这么说，这也算是民族融合过程中的"家丑"吧。

　　靖康是宋的年号，徽宗逊位，把皇位让给钦宗赵桓，当年即为靖康元年。实际上靖康之耻，肇始于宋金的"海上之盟"。

当时，女真人开始反辽，宋徽宗听信辽国降将马植（降宋后徽宗赐姓赵，即赵良嗣也）所献与金联手之策，在1118年遣马政、呼延庆、高药师等以买马为名，从山东过海到金，传递徽宗欲与金"复通前好""共伐大辽"之意，此间宋金使者在海上几次往返洽谈，第一次形成文件时，宋用的是诏书，金太祖认为这是对金的轻侮，要求宋改用平等的国书。1120年盟约签订，宋金联手夹攻辽，金取中京，宋取燕京一带。宋同时要按原来给辽的数目岁币等转给金。并还明确如宋不能如约夹攻契丹，则已许诺的条款即属无效。结果是宋兵两次攻燕受挫，不得不派人请金兵攻燕，最后金兵攻克燕京。这样宋已违约，只好以巨额的"燕京代税钱"赎回六座空城。此前宋的算盘是借金伐辽，以夷制夷，可现在与辽反成了唇亡齿寒的局面。

1126年，也就是靖康元年，金兵渡过黄河，围困汴京，宋军在李纲的率领下保卫汴京。在还看不出宋军必败的情况下，钦宗就派人向金请罪、请求议和。金提出的苛刻条件是：宋须交犒师的钱和物是金五百万两、银五千万两、绢彩各一百万匹，还有马、驼、驴、骡若干；称金朝皇帝为伯父；割太原、中山、河间三镇之地给金，以亲王、宰相为人质等，宋一一应允。将康王赵构、少宰张邦昌为人质，上誓书、地图给金：称侄大宋皇帝，伯大金皇帝（等到了1165年南宋与金隆兴和议时，给钱、割地不说，连大宋的"大"也不敢再写上了，自称为侄宋皇帝再拜奉书叔大金皇帝，只保留放在金前面的"大"字了）。料提出这些条件的金朝首领宗望也不会想到宋会这么乖乖地同意，但既然答应了，那就退兵吧。到了年底，金还是找借口攻陷了汴京。1127年，金将徽钦二帝废为庶人，并将他们和皇后、太子、宗戚及官吏、内侍、工匠、倡优等三千余人掳而北去，结束了北宋王朝。徽钦二帝被押到阿城后，金人拿他们戏耍取乐，让他们披上羊皮在金太祖庙前行"牵羊礼"，然后在乾元殿跪在金太宗脚下，接受降封，一个被封为昏德公，一个被封为重昏侯，倒也是"名副其实"。

堂堂大宋皇帝，在此时此刻，就是任人宰割的羔羊，毫无反抗意识，一丁点儿的尊严都丧失殆尽。这二位都不如一个女人，宋钦宗的妻子朱后，不堪忍受如此羞辱，当晚回到住处就自缢了，让人发现后将她救了下来，但她还是去意已决，又乘人不备投水自尽，也算是刚烈。

再说说继徽钦二帝之后主政的宋高宗，在金与宋战场形势发生有利于宋的情况下，不但不一雪前耻，反倒主动与处于不利地位的大金去议和，肚里揣的小心眼儿是如果大获全胜的话，势必要迎回钦宗（此时徽宗已死）。钦宗一回，皇位恐怕就得归钦宗。这对宋高宗来说是比其他事情都麻烦的事情。当然，高宗的担心也不是自己多虑，此前曾发生过一场政变，就是质疑他的皇位问题，史称"明受之变"，虽未成功，但还是吓得高宗心惊肉跳。可叹的是像岳飞这类不懂政治的人对皇帝的心思是把握不准的，他在1130年打败金兀术后写下的《五岳祠盟记》中还提什么"迎二圣归京阙"的事呢。只有秦桧之流懂得皇帝要什么，不要什么。秦桧在为高宗救急的同时，也将高宗变成了"药笼中物"，高宗在他面前抬不起头来，他等于是在独揽朝政。南宋还有一个叫胡铨的人，曾在1138年反对议和，给高宗上过一个密折《戊午上高宗封事》，此文言辞激烈，是抱着死谏之决心的。文中说："夫天下者，祖宗之天下也；陛下所居之位，祖宗之位也。奈何以祖宗之天下，为犬戎之天下，以祖宗之位为犬戎藩臣之位？"不光是质疑宋高宗的议和，还直接批评皇上说："而陛下尚不觉悟，竭民膏血而不恤，忘国大仇而不报，含垢忍耻，举天下而臣之甘心焉。"假如议和成了，那后世将会把皇上看作是一个怎样的皇帝啊。胡铨在这个折子中说，自己和皇帝重用的主张议和的秦桧、王伦、孙近三人不共戴天，"愿斩三人头，竿之藁街"。胡铨的这封密信，据说被女真人花千金觅去，读过后大惊失色，大呼"南朝有人！"宋高宗看过这个折子后，当然不会采纳，但秦桧也没敢主张杀胡铨，不过是把他贬官、流放处置。后来秦桧死后，胡铨还得到了平反，又在朝廷做了高官。相比之下，岳飞的遭遇就没这么幸运了。尽管岳飞在战场上屡建奇功，但他还是不明白皇帝的心思。一会儿让他打，一会儿又一天发十二道金牌让他撤。他对战场的形势分析得明白，却不知宋高宗的分寸在哪儿。高宗想的是战场上打得够和谈就行了，不需要大获全胜。于是，就有了1141年的绍兴和议，这个和议别的不说，最重要的一个条款是不提要金送还钦宗了，要求还回徽宗与太后、皇后的梓宫及高宗的生母韦氏。等到1142年，因按和议宋仍向金称臣纳贡，金派人来册封宋高宗为大宋皇帝。这出保皇位的戏算是告一段落。后来宋高宗甚至为达议和之目的，答应金兀术给秦桧的信中提出的杀岳飞，议和方成的条件，以莫须有的罪名，把岳飞害死。实际上，早期岳飞总提要迎回徽钦二帝，后来多少明白点儿高宗的想法了，说法也改为"迎还太上皇帝、宁德皇后梓宫，奉邀天眷以归故国，使宗庙再安，百姓同欢，陛下高枕无北顾之忧"了。这个说法已把钦宗模糊在"天眷"一堆里面了。其实迎回徽钦二帝也不是岳飞自己提出的，本是高宗即位之初在诏书中提出的政治口号，岳飞的问题不过是明白高宗的曲折之心慢了节拍罢了。宋孝宗在绍兴三十二年（1162 年）即位后，当年七月就追复岳飞原官。诏云："故岳飞起自行伍，不逾数年，位至将相，而能事上以忠，御众有法。屡立功效，不自矜夸，余烈遗风，至今不泯。去冬戍鄂渚之众，师行不扰，动有纪律，道路之人，归功于飞。飞虽坐事以殁，而太上皇帝念念不忘，今可仰承圣意，与追复元官，以礼改葬，访求其后，特与录用。"（《金陀续编·卷第十三》）金毓黻先生看了这个诏书后，在《静晤室日记》中说："其云'太上皇帝念念不忘'一语，最为曲折。高宗本无杀飞之心，以奸桧迫以必杀飞而后可和，不得已而曲从，然未尝不内疚于神明也。当其晚岁，必向孝宗尝称岳飞之功，且以其死为可悯，故孝宗诏中乃有是言，且孝宗之于高宗，有先意承志之美，设使追复飞官为高宗所不愿，则孝宗亦必置而不为，所谓观人于微，殆指此类之事乎。"金先生的分析有一定的道理，算是一种细说。皇上杀岳飞可能还有一个原因作祟，那就是从北宋建立之日起，就吸取唐藩镇割据的教训过了头，总是对武将不放心，且不信任的程度都严重到宁信敌人的话，也忌惮武将的忠。

该说说那个可怜兮兮的人——宋钦宗了，宋金议和后，1142 年宋派王伦为迎奉梓宫、奉还两宫、交割地界使前往大金。金送回的是宋徽宗和郑太后、邢皇后的梓宫及高宗的亲生母亲韦贤妃。唯独宋钦宗被丢在大金而不顾。韦贤妃临要回朝的时候，宋钦宗卧在车前泪流满面，哀求宋高宗的母亲说："归语九哥（即其九弟高宗）与丞相（指秦桧），我得为太乙宫使（宋宫观使，官名，无实职）足矣，他不敢望也！"此时，宋钦宗已明白高宗担忧自己归来对王位威胁的心思，抓住这最后的一个机会，让韦贤妃带话给高宗，表示自己没有再复位之想法，只是想回家，并把自己当闲官的名分都想好了，以求高宗放心。当时韦贤妃也同情应允，待回到朝廷后，才知道高宗根本不打算让钦宗回来，也就按下不表了。钦宗在苦盼苦等多年后于 1161 年五十一岁时绝望含恨而死。

往事越千年，一道历史的伤疤并没有愈合，但了解这些就会明白为什么靖康耻雪不了啦！

到底发生了什么，重要吗?

——读柯平的《吴山档案》

现在想来，我是一下子被柯平的《吴山档案》给镇住了。像柯平这样知识渊博的诗人恐怕并不多，尽管在获取信息十分便利的今天，有知识好像已显得不那么重要了，但我仍是对学富五车的人有崇拜感。或许这个在我身上根深蒂固的东西，源于我的青少年时期无书可读，后来怎么补也抵消不掉对阅读的饥饿感。回忆几十年前的往事时，我总愿意提起的是我曾在一所大专学校里，当过一任图书馆长。那段时光，或许是我人生梦幻式的岁月。当然，我知道，喜欢书和有知识之间没什么必然联系。彼特拉克说过："我的图书室是充满学问的，尽管它属于一个没学问的人。"但更多的例子似乎还是告诉我们，渊博肯定是来自读书。布鲁姆在《西方正典》中谈到伍尔夫的时候，关注的正是她在女性写作中的一个因素——即她对阅读超乎寻常的热爱与捍卫。一个诗人居然能写涉及这样复杂知识的文章，这是我一看到《吴山档案》就被吸引的主要原因。如果这是一个历史学家写的文章，我可能就会忽略过去。也就是说，自己是受好奇心驱使，跟着诗人柯平在《吴山档案》中游览了一番。

《吴山档案》是一篇"大散文"，篇幅长三万多字，时间跨度是从春秋战国一直写到当下，牵涉的历史人物、典籍、民间传说不胜枚举，但这些也许都不是衡量它是不是"大散文"的主要因素。大散文应该是不像散文的散文，一不像了，就拓宽了小散文的局限。多年倡导大散文的《美文》主编贾平凹说："所以十多年来，我们拒绝那些政治概念化的作品，拒绝那些小感觉、小感情的作品，而尽量约一些从事别的艺术门类的人的文章，大量地发了小说家、诗人、学者所写的散文，而且将一些有内容又写得好的信件、日记、序跋、导演阐述、碑文、诊断书、鉴定书、演讲稿，等等，甚至笔记、留言也发表。""现在的情况也是这样，一些并不专门以写散文为职业的人写出的散文特别好，我读到杨振宁的散文，他写得好。季羡林先生散文写得好，就说余秋雨先生，他也不是写散文为职业的。"这样说来，柯平写出《吴山档案》似乎又属情理之中了。仔细想想，如果对散文的文体界定持开放的态度，就完全能够发现更多不像散文的好散文。在中国的传统典籍中文史不分家是不争的实情，《史记》既是"史家之绝唱"，同时也是"无韵之离骚"。胡适的弟子、被称为"历史的说书人"的唐德刚在今天也依然坚持"写历史必须用文学来写"的理念。从这个意义上看，《吴山档案》便是一篇文学和历史相融合的作品。它与一般写历史的文章不同之处在于它抛弃了那种历史学者的职业行文规矩，也没有背上要完成个什么项目的包袱，只是觉得这个话题里充满谜团，写写好玩。无心插柳柳成荫，这种无功利的心态，恰是出好文章的前提。

当然，写《吴山档案》也是有动机的，那就是作者要搞清楚，本来建在水边的伍子胥庙是怎么跑到今天杭州西湖边吴山顶上的。为此，作者在卷帙浩繁的资料中细心梳理，追根溯源，条分缕析。从吴越之间的历史说起，把伍子胥和夫差的龃龉及伍子胥之死的主线理出来，将最早建的伍子胥庙的位置考证准确，然后再将为什么越地作为吴地的敌对区会给主张彻底灭越的伍子胥建庙弄明白，等等。我这样转述《吴山档案》，恐怕没读过此篇文章的人以为这也没什么啊，挺简单的事嘛。我相信你若看了文章就不会这样认为了。柯平在解决这些问题时遇到的障碍真是太多了，有山川地貌的自然和人为变迁，有历史记载的缺失、混乱，也有写史的人故意篡改事实，还有权力在历史中的干预，可以说是迷雾重重。作者建立《吴山档案》的过程，又一次印证了杜威所说的"历史无法逃避其本身的进程"，它将一直被人们重写，随着新的当前的出现，过去就成了一种不同的当前的过去。

话说回来，柯平的《吴山档案》不是历史学的论文，它作为一篇"大散文"存在必须以文学性作为支撑。也就是说要找到《吴山档案》的魅力所在才是欣赏它的根本。但有些缠来绕去的是，怎么说《吴山档案》也和历史的各种纠葛分不开。说得再彻底些，《吴山档案》的姓"文"不姓"史"，恰恰完全依赖于茨威格所说的历史本身——"历史是真正的诗人和戏剧家，任何一个作家都甭想去超过它。"也就是说在歌德曾怀着敬意把历史称为"上帝的神秘作坊"里本身就隐含着故事性和趣味性。但这种隐含的故事性和趣味性绝非自动呈现出来的，而是需要作家用"建构的想象力"去发现和寻找的。怀特在《作为文学虚构的历史文本》一文中讲得十分透彻，他说："已故的柯林伍德认为一个历史学家首先是一个讲故事者。他提议历史学家的敏感性在于从一连串的'事实'中制造出一个可信的故事的能力之中，这些'事实'在其未经过筛选的形式中毫无意义。历史学家在努力使支离破碎和不完整的历史材料产生意思时，必须借用柯林伍德所说的'建构的想象力'，这种想象力帮助历史学家——如同想象力帮助精明能干的侦探一样——利用现有的事实和提出正确的问题来找出'到底发生了什么'……柯林伍德把历史学家的这种敏感性称为对事实中存在的'故事'或对被埋藏在'明显的'故事里面或下面的'真正的'故事的嗅觉。他得出结论，当历史学家成功地发现历史事实中隐含的故事时，他们便为历史事实提供了可行的解释。"在谈到历史和文学的关系时，怀特说："事实上，历史——随着时间而进展的真正的世界——是按照诗人或小说家所描写的那样使人理解的，历史把原来看起来似乎是成问题和神秘的东西变成可以理解和令人熟悉的模式。不管我们把世界看成是真实的还是想象的，解释世界的方式都是一样。"

值得注意的是《吴山档案》在解开伍子胥在越地被奉为神

而祭拜之谜时，较为详尽地把伍子胥死后的无头尸身被装进皮囊，扔进江中与钱塘大潮形成的来龙去脉找到了。从这样一个联想链条考察，就能理解越国作为吴国的敌对国，人们为何要虔诚祭拜主张彻底消灭越国的主帅伍子胥。其实，这场造神运动主要是由民间力量完成的。柯平找到了东汉时上虞人王充在《论衡》中的说法："传言吴王夫差杀伍子胥，煮之于镬，乃以鸱夷囊投之于江。子胥恚恨，驱水为涛，以溺杀人。今时会稽、丹徒大江、钱塘浙江，皆立子胥之庙，盖欲慰其恨心，止其猛涛也。"王充认为，"夫言吴王杀子胥，投之于江，实也。言其恨恚，驱水为涛者，虚也"。不管实虚，这场与水有关，与伍子胥之死有关的造神运动，一经开始就是无法遏制的。显然，并不局限于钱塘之浙江的人们在水边建庙，祭拜伍子胥，但由于钱塘大潮影响广泛，伍子胥的神话编入这个大广告之中，就愈演愈烈了。《钱塘记》说："朝暮再来，其声震怒，雷奔电走百余里。时有见子胥乘素车白马在潮头之中，因立庙以祀焉。"看来民间的造神和官方路数并不是一回事，官方看待伍子胥着眼于他的忠烈，而民间则是对这个横死的伍子胥心有恐惧，害怕他兴风作浪，殃及百姓。以这个角度看，官方觉得伍子胥庙在江水之畔与在吴山之巅是无所谓的，都不影响彰显伍子胥的忠烈光辉，而在民间其庙在哪则完全不同，只有在水边，甚至在怒潮的面前才能慰藉、安抚住这个"潮神"。伍子胥不是山神，在山上拜他是牛头不对马嘴的。

至于《吴山档案》的主题，在我看来十分丰富、多向，作者也没有回避或有意省略关于伍子胥恶行的记载，如阖闾九年率吴师攻入楚国后，将仇人的尸体从坟中挖出来鞭打，这还不算，更让人难以接受的是，竟然会"令阖闾妻昭王夫人，伍胥、孙武、白喜亦妻子常、司马成之妻，以辱楚之君臣也"。对这样的行为，伍子胥居然还给定一个自己的逻辑为"吾日暮途穷，吾倒行逆施之"。只有这种对待历史人物的态度，才使《吴山档案》尽可能通过"建构的想象力"，来还原历史，还原真实。

　　受柯平的考证癖传染，在读《吴山档案》时，我不由自主地花费了不少时间去琢磨文中留下的一道作业题。说《吴越春秋》有这样一段记载："越王葬种于国之西山。葬一年，伍子胥从海上穿山胁而持种去，与之具浮于海。故前潮水潘侯者，伍子胥也；后重水者，大夫种也。"针对这段文字，柯平提出："至于潘侯的出处何在？伍子胥为什么会被称作潘侯？因史料匮乏，钩稽无术，只好姑存之以俟高明了。"开始看到这个问题，觉得柯平是不是被《汉书·地理志》说的"萧山，潘水所出。东入海"，把思路给带跑了。按上下文的关系来推断，"前潮水潘侯者"和"后重水者"都是在说潮水吧，这个"潘侯"似乎不应该是个名词，这样伍子胥也不存在为什么被称作"潘侯"的问题了。为回答这个疑问，我在刘玉才的《吴越春秋选译》（巴蜀书社，1991年出版）的注释中找到了一个答案，刘玉才的注释说："潘侯"是指旋转的水流，"潘"通"蟠"也。兴奋之余，回头想想，这个说法恐也未必服人。如果把"潘侯"与传说中的波涛之神"阳侯"按一个思路想，也可能是对的。唐传奇《灵应传》中就有把伍子胥和阳侯并称的句子："鼓子胥之波涛，显阳侯之鬼怪。"再若从古代水神分片管辖的角度考虑，"潘侯"莫不是管潘水的神，也未可知。这是我读《吴山档案》时的一段走神，一通胡思乱想，柯平先生见笑了。

花山寻隐

作为一个东北人，看到南方人把一个海拔一百六十九米的小山丘，称之为吴中第一名山，颇为不解。且不说昆仑山之类，即便是长白山也有海拔两千六七百米啊。带着心中的几分诧异和好奇，在春夏之交，随几位文友一同游览了花山。

花山的名气不是很大，也许是地处苏州的原因。外地人到苏州来，要看的地方首选大多是拙政园、沧浪亭、狮子林、寒山寺、虎丘。但真要是这些尽人皆知的名胜都游过了，想避开闹市的喧嚣，找个幽静的地方小住几天，那花山定会是个不错的选择。

在花山脚下，绿树掩映中有一个白墙黑瓦的庭院，门口不足一米高的招牌上"花山隐居"几个小字，不留意的话是看不到的。这个酒店可谓是我所住过的唯一房间里没有电视可看的酒店，餐厅里吃的还是素餐。这样的环境，无非是提醒你该把尘世中的烦恼先搁置几天吧，放松放松现代人总是紧绷着的神经，听听鸟鸣，赏赏野花，走走山中小路，看看清泉石上流，何乐而不为呢。

　　收了凡心，可入仙境。眼前看到一块巨石上刻着一个字，左看右看都不认识，从上往下一看，才猜出是个"仙"字。不过是把字横了过来，寓意人在山上则为仙。一个仙字，便是花山的主调。当年归有光的曾孙归庄游览花山时，给这座小山写下了至今为苏州人津津乐道的评语："华山（华与花为通假字，华山即花山）固吴中第一名山，盖地僻于虎丘，石奇于天平，登眺之胜，不减邓尉诸山，又有支道林遗迹存焉。"在归庄看来，花山与姑苏周边的山比较有这么几个特点：所处的地理位置比虎丘僻静，山上的石头比天平山奇绝，登到山顶眺望的时候，视野也不比邓尉山差。如果说这些还有点儿像赞美一个地方常用的套话之嫌，后面的"又有支道林遗迹存焉"，才点出了花山最重要的特点。其实，我们在虎丘、天平山都会看到与花山一样的"吴中第一名山"的说法，大可不必较真儿。但有一点可资证明的是，支道林开山之初，在花山创建寺庙设立道场的时间要比吴地其他地方早一百四五十年，从花山是"吴中第一净地"的角度看，说它是吴中第一名山也不为过。支道林即支遁，也称支公，是东晋的高僧，他在花山的遗迹依乾隆十五年（1750 年）的《华山书》记载，可以确认其主要为两处，一是支公洞，山石上刻的是"陈公洞"，或许因支道林是河南陈留人，故为陈公。另一处就是支公圆寂后葬在天池山北峰并有王羲之所题塔铭，后于宣德年间移至华山后的北峰坞。天池山也是花山，吴地往往是一山双名，东南面叫花山，西北面叫天池山。哪像东北的大、小兴安岭，一个长有两千公里，一个长有五百公里，各自都宽有两百多公里，两座大山之间还隔着一条嫩江和一个沃野千里的松辽大平原，一点儿也挨不着，都没起出两个名来，只好共用一个兴安岭的名字。

支道林可以说是最早到花山来修行讲经的一位很了不起的人物。魏晋时期是人们从汉代"罢黜百家、独尊儒术"的压抑中走出来，进入了思想大解放的一个时代。在这样一个背景下，人的个性获得了重新确立的空间，于是就会盛行玄学，崇尚清谈，多出名士。在支道林之前，玄学家是不谈佛的，甚至也不和佛教徒来往，是支道林从佛学角度对庄子的《逍遥游》的研究和阐释震动了玄学界和名士圈。大家本来一直奉郭象和向秀所注释的《庄子》为圭臬的，想不到支道林的讲解更高于这两位大家，名士们都佩服得五体投地，把支道林的说法尊为支理。众所周知的成语"标新立异"就是来源于支道林对庄子《逍遥游》的辨析。《世说新语·文学》（南朝·宋·刘义庆）记载："支道林在白马寺中，将冯太常共语，因及《逍遥》，支卓然标新理于二家之表，立异于众贤之外。"后来人们就把这句话中的"标新"与"立异"合为了一个成语。那个时期名士们热衷清谈到了无以复加的程度，废寝忘食，饭凉了加热送来三四回也顾不上吃，还有累病累死的。被视为中国古代四大美男子之一的风流名士卫玠身体本来就不好，可又特别好清谈，一次在与谢鲲的通宵辩论中大概是犯了心脏病，真的就死去了，死的时候才二十七岁。支道林的"粉丝"那也真是多得很，当时的吴兴太守谢安写信给他，说盼望着和他见上一面，多等一天就好似一千年一样漫长。王羲之开始听说支道林的时候，并没把他太当回事。待看到他对《庄子·逍遥游》的注释文字时，赞不绝口，叹其惊世骇俗。兰亭雅集时，有人说支道林也被请为上宾，但未可考。王羲之与支道林的关系肯定非同一般，在唐代房玄龄的《晋书》上是有一笔的："羲之雅好服食养性，不乐在京师，初渡浙江，便有终焉之志。会稽有佳山水，名士多居之，谢安未仕时亦居焉。孙绰、李充、许询、支遁（即支道林）等皆以文义冠世，并筑室东土，与羲之同好。"《兰亭序》里面表达出来的一些观念，应该说也有些支遁的观念影响痕迹。名士风度是那个时代知识分子的普遍追求，大家都更愿意做个隐士。支遁的名气太大，曾惊动了晋哀帝，皇帝把他召到京城建康，安排他在东安寺讲经。待了几年，支遁要向皇帝请辞，回到吴地山林中去。皇帝也很开明，"嘉其志，拨内帑十万缗为之开辟道场，以行教化"。那时候，人与人之间经常会进行比较，动不动就问，你说说，谁谁和谁谁比如何？或者让你自己说，你和某某比怎么样。这种比较的意图是探讨人的个性和才情。被赞为盛德绝伦的郗超有一次问谢安，你说支遁在玄谈上和嵇康比怎么样？谢安回答说，嵇康须勤着脚，或许才能赶上支遁。郗超又问，那殷浩和支遁比又如何呢？谢安说，如果论超拔尘俗，肯定是支遁高于殷浩，但论娓娓而谈，则殷浩是胜过支遁的。魏晋时代，不但没有什么官本位，甚至还有些鄙视只能做官的人。魏明帝问谢鲲："君自谓何如庾亮？"谢鲲回答说："端坐庙堂，使百僚准则，臣不如亮。一丘一壑，自谓过之。"显然，在谢鲲心中纵情山水比身居庙堂更符合人的性情。阮籍对不尚真玄之凡夫俗子一概投以白眼，而对名士同道则是青眼相加。嵇康的哥哥嵇喜，有当世之才，官至九卿的太仆和宗正，可是嵇康的朋友们看不上他。《世说新语》中记载，有一次嵇康的朋友吕安找嵇康，不巧，嵇康不在家。嵇喜见吕安来了，赶紧给吕安收拾好坐的地方，热情相迎。可吕安装作没看见，理都不理，继续坐在车上等嵇康。等了半天，还不见嵇康回来，就离开了。临走时，还在嵇康家门上题个"鳳"字讥讽嵇喜。这个"鳳"字拆开来就是"凡鸟"的意思。

　　话说高度赞美花山的归庄，他在诗文中还提到一个在花山隐居的高人朱鹭。朱鹭是万历年间吴江县的秀才，也是个孝子。父母过世后，便放弃仕途，专注于易学、禅学及佛学，晚年住在花山的莲花峰上，与山僧们一起研修，自称西空老人。这位朱鹭佛学造诣很深，曾注释过《金刚经》，也是位大画家、哲学家。他画的《十咄图》现在收藏在苏州博物馆里。归庄年轻的时候见过朱鹭，印象中他"长须飘然，有林下风致"，说他"善画竹，能诗文"。归庄在《华山》中以诗句"衰病重岩攀未得，盛朝高士忆西空"，表达了对朱鹭的怀念之情。历来的名士们对竹子的喜好都非同一般，岁寒三友或梅兰竹菊四君子也好，一定少不了它。苏东坡"可使食无肉，不可居无竹"的境界，实际上是从王羲之的儿子王子猷那里得来的。《晋书》

上说，王子猷听说吴中有一个士大夫家里的竹园好，就坐上轿子去看。本来主人已张罗接待他，可他直奔竹园而去。赏竹兴尽，便要回返。主人不高兴了，把大门一关，不让他出去。王子猷一看这主人也是性情中人，便又一起相谈甚欢。这段白日赏竹的故事，与雪夜访戴颙有一拼。《晋书》上还说，有一段时间，王子猷寄居在一个友人的空宅中，先看看宅院里缺少什么，然后马上就让人种上竹子。下人不解地问："咱们在这不过是临时住一段，何必费这个事呢？"王子猷则指着竹子说："不可一日无此君啊！"居不可一日无竹，这已经是与实用功利目的无关了，而是名士们的人生态度。朱鹭画的是墨竹，《十咄图》不仅是停留在一种名士的雅趣上"写竹、戏竹"，更多是以竹证道，易象同体，"含虚中以象道，体圆质以仪天"，其在艺术史上和玄学研究方面都有新的意蕴。

归庄喜欢花山，应该说是花山中这些隐逸之风与他的内心世界相当契合。归庄是苏州昆山人，生活在明末清初。年轻时就才华横溢，但屡试不第，因为他的文章风格与当时的科举取士的标准不合。这样的境遇使他愈加成为晚明风流名士特立独行的代表，史上有"归奇顾怪"之称，归即是归庄，顾就是顾炎武。待到明朝被清朝取代后，他就甘做遗民，绝不仕清。为了不剃那半个光头留出辫子，他干脆就削发为僧，其实那时他还没有在思想中由儒转向释。后来归庄除了参禅悟道，就是嗜酒如命，再加上痴迷于花。有人说他是隐身于禅，隐心于酒，隐情于花，这也算是对他的人生状况十分接近的总结。归庄见不得俗气，当他看到花山上好端端的奇石被黧庵法师请人给刻上大字，还涂上颜色，顿生怒气。归庄认为这些石头本属鬼斧神工，浑然天成，不应该再画蛇添足。尤其不应该刻上什么"菩萨面""夜叉头"之类的，这样是极为不雅的。他有一比，说这就像是对西施这样的美人黥颜割鼻，施以毁容术。这个责任都怪黧庵，归庄对此不依不饶，在诗里头说"吴中名胜数莲峰，黥劓青山怪黧公"，在《观梅日记》里也说"黧庵素号贤者，不谓有此俗状也"。张岱当年游栖霞时，看到类似情况，也愤慨地说这是"大可恨事"。由此联想到今天花山的守护者，在对待花山的这些景观理念上，他们顶住压力，坚持不过度干涉历史遗迹和自然遗存，甚至连上山的石径也没有设置不必要的栏杆，让人们在此得到天人合一、不同凡俗的感受，此乃花山之幸焉！

销金一锅子

在扬州游个园时买了一本《歌吹月亮城》，这本书收集了历代有关扬州的诗文，其中有一首清代汪沆的《瘦西湖》，颇有耐人寻味之处。诗云："垂杨不断接残芜，雁齿红桥俨画图。也是销金一锅子，故应唤作瘦西湖。"瘦西湖的得名就是源于这首诗，原来瘦西湖本名叫"保障河"或"保障湖""炮山湖"，是一条隋唐以来由人工开凿的水道，这条人工河两岸的风景也都是人造的。由于扬州的经济自唐代以后已成为全国的中心，唐天宝六载（747年），扬州的人口有四十七万，仅阿拉伯商人就有五千多人，是南北货物的集散地和手工业中心。到了清代，扬州因在南北漕运和盐运咽喉的地位，又一次出现经济的大繁荣。康熙、乾隆六下江南，盐商们为了使皇帝玩得高兴，不惜重金在这条人工河的两岸修成了一百多处园林，形成了"两岸花柳全依水，一路楼台直到山"的胜景。瘦西湖本是愤世嫉俗的诗人取的一个骂名，奇怪的是后人竟将此当作美名而一叫至今。在汪沆的笔下，根本不是在描述瘦西湖的美景胜景，完全是在批判现实。那"垂杨不断接残芜"一句是从隋炀帝杨广骂起，这"垂杨"表面上是写景，实是暗指隋炀帝开凿运河后沿运河两岸筑御道、植杨柳、造离宫、泛龙舟的为游幸而劳民的行为，"不断接残芜"便是说这个由杨广开的荒唐之风一直延续下来了。那"雁齿红桥俨画图"一句也是背后有话，红桥始建于明代崇祯年间，为木质红栏，故名红桥。清代乾隆年间改建为石桥，那红栏已不见，便改叫"虹桥"。这"虹桥"是瘦西湖上的第一景，两淮盐运使卢雅雨曾就"虹桥"作七律四首，四方和者先后有七千余人，编成三百余卷。可见那时附庸权贵的文人也不在少数。"红桥"似画，似一幅什么画呢？似一幅让人想起打哈哈凑趣的画。接下来更直接点明，这是干什么的地方啊，是"销金一锅子"。"也"字用得妙，它牵出这扬州瘦西湖与杭州西湖的同类性。其实"瘦西湖"和西湖从自然景观方面比较没有什么相似之处，这里的比较完全是从造成奢侈的角度进行的。这两岸垂杨、二十四桥是个祸害血汗钱的地方，尽管它和杭州的西湖相比本是条河，并不像湖，那就叫瘦西湖吧，反正它和西湖一样都是官绅们大把大把往里扔钱的地方。时间不过才推移了两百多年，人们对这含有批判之意的瘦西湖之名接受得没什么不适，汪沆就是骂得再狠也会被人们消解掉的。

汪沆的批判走的是一条"哀民生之多艰"的路，他不大会想到比如消费刺激发展之类的，当然这里的消费指的是用自己合法劳动赚来的钱，那种公费或贪赃而来的钱则另当别论。这

"消费"一词和"销金"，抛开所含的不同情感色彩，内容是一样的，说白了就是花钱，今天我们常把某一城市称之为消费城市，正是因为这个城市能让人把钱花出去。要多花钱，人们必须多赚钱，要多赚钱就必须多动脑、多动手，社会的经济发展与进步和消费密切相关。

吴越的历史先是由尚武转向崇文，尚武之风由"吴王金戈越王剑"为证，崇文则是由科举之行开始，随着交通的发达、手工业的盛兴、资本主义的萌芽，其奢侈之风便在吴越之地愈演愈烈。万历年间就开始了普及的歌舞餐厅，"居人有宴会，皆入戏园，为待客之便，击牲烹鲜，宾朋满座"（顾禄《清嘉录》卷七《青龙戏》）。戏院内宴席规模之大，浪费之惊人在钱泳的《履园丛话》中有这样的描述："吴门之戏馆，当开席时，哗然杂沓，上下千百人，一时齐集，真所谓酒池肉林，饮食如流者也。尤在五、六、七月内天气蒸热之时，虽山珍海味，顷刻变味，随即弃之，至于狗彘不能食。"画舫、歌伎的出现莫不与富裕之民的纵情游乐有关。在雍正年间，皇帝对江南市民的奢靡之风冲击封建道德就有警觉，曾下诏欲要钳制，皇帝主要担心是由于极度的消费造成的人的等级身份之间的混淆。到了乾隆年间，朝廷对奢靡之风的制止更加严厉，清代中后期世风渐趋收敛。

关于奢靡与社会经济发展的关系，英国古典经济学家曼德维认为："在蜜蜂的社会里面，罪恶与奢侈，若是行着的时候，这个社会就非常之繁荣；若是代以道德和简易生活，他们的社会，就不能不衰微了。"我国古代著名经济思想家陆楫的《蒹葭堂杂著摘抄》中谈及奢与俭的关系论述更为雄辩，他认为"先正有言，天地生财，止有此数，彼有所损，则此有所益。吾未见奢之足以贫天下也"。对于"市场经济"的萌芽状态，他的肯定也是十分明确的，"是有见于市易之利，而不知所市易者，正起于奢，使其相率为俭，则逐末者归矣，宁复以市易相高耶"。他针对吴越的经济发达状况分析道："然则吴越之易为生者，其大要在俗奢，市易之利，特因而济之耳。"陆楫这番论述在当时肯定是非同一般的见识，他也清楚自己的看法大多不会被别人理解，不得不感叹道："呜呼，此可与智者道也。"这话只能讲给聪明人听。不过与他可视为同道的人也还是有的，顾公燮在《消夏闲记摘抄》中讲了一番与陆楫完全相同的观点，顾说："有千万人奢华，即有千万人之生理，若欲变千万人之奢华而返于淳，必将使千万人之生理亦几乎绝。此天地间损益流通，不可转移之局也。"

看来汪沆的骂算是站在百姓民生的立场上的骂，陆楫、顾公燮的肯定奢侈产生的正面作用也是从民生角度出发的，能不能算殊途同归呢？这又是不易说清楚的。

雅安，何以雅与安

提到雅安，许多人随口便能说出雅安有三绝："雅女、雅雨、雅鱼。"

"雅女"是说生长在这里的女子漂亮，往更具体了说，就是"行者见罗敷"之类，好像有些泛泛夸赞之嫌。不过，有一点可以肯定的是，这里多雨湿润的环境对女性的皮肤保养会大有好处。"雅雨"是有硬指标的衡量，雅安地处四川盆地与青藏高原的过渡地带，高高的二郎山把云和雨都挡在雅安境内了。雅安每年降雨量在一千至一千八百毫米。

为一睹二郎山的真容，天全的几个朋友，特意带我驱车近百里，到二郎山去拜谒了一趟。隧道前矗立着一块褐色的石碑，上面雕刻着那首人们耳熟能详的洛水作词、时乐濛作曲的歌曲《歌唱二郎山》。穿过亚洲最长的二郎山隧道，就是甘孜州泸定的地界，山两边的植被和气象截然不同。雅安这边的山上完全被树木覆盖，海棠花开满了山坡。而泸定那边山上有些光秃秃的，刮起的风也是干燥的，更别指望在半山腰就能看到云雾缭绕了。

"雅鱼"是指在青衣江里石头缝隙间游弋的一种鱼，长得有点儿像鲤鱼，属冷水鱼。西晋左思的《蜀都赋》里讲道："嘉鱼出于丙穴，良木攒于褒谷。"宋代宋祁在《益都方物略记》记载："丙穴在益州，有大丙、小丙山，鱼出石穴中，今雅州有之，蜀人甚珍其味。"这雅鱼也是杜甫爱吃的一种鱼。当年杜甫在避安史之乱时，一度离开成都，后接到给他修草堂的官员好友严武的来信相邀，又能够回到他喜爱的浣花溪畔的草堂了。兴奋的杜甫人未到成都，诗已写好——《将赴成都草堂途中有作，先寄严郑公五首》，第一首中有诗曰："鱼知丙穴由来美，酒忆郫筒不用酤。"雅安紧挨着成都，杜甫心想回到成都就能吃到雅安的丙穴鱼——雅鱼，喝到郫县的竹筒酒了。老杜喜欢吃的、喝的四川美食、美酒，崇拜杜甫的陆游喜爱得有过之无不及。陆游在《梦蜀》中念念不忘雅鱼和郫筒酒，诗云："堆盘丙穴鱼脄美，下箸峨眉栮脯珍"，"赪肩郫县千筒酒，照眼彭州百驮花"。

可能是雅安值得说的好东西太多了些，不知为什么，雅安还有一绝未被囊括在其中，那就是雅茶。傅德华在《民国报刊中的蒙顶山茶》一书的序言中说："何谓雅茶？据郑象铣在《西康雅茶产销概况》一文中的定义，'所谓雅茶者，即曩昔川西今康省雅安、荥经、天全、名山、邛崃五县所产之茶，经制造后，销售于藏康牧畜地带者是也'。"这里雅茶的含义与边茶基本重合，或者说包含于边茶的概念之中。特指专供藏康地区的紧压茶和散茶。在雅安采风期间，我们去看了坐落在雅安城北上里古镇的中国藏茶博物馆，这个博物馆收藏的宝贝真是令人叹为观止。有镇馆之宝——已近碳化的明清时留下来的茶砖，有在香港拍卖行拍出天价的条茶，更有按照年份排列、堆积如山的散茶。穿行在茶香馥郁的狭窄的走廊里，透过敞亮的玻璃橱窗，会感知到这些茶叶仍然在以另一种形式延续着绿色植物的生命，把陈年诱惑不断传递到人类的潜意识里。

藏族人嗜茶如命，常会听到有"三天不进食无所谓，而一日不饮茶则难熬"的说法。自和亲的文成公主把茶带入西藏以来，茶叶输入西藏的历史，一直伴随着西藏的文明史进程。1986年十世班禅到雅安茶厂视察，曾夜不能寐，赋诗一首："煦风送暖催春意，碧玉绿叶舞新姿。馨香扑鼻味醇美，雅安茶叶迎嘉宾。"字里行间足见班禅大师对雅茶的厚爱。1949年12月，国民党西康省主席刘文辉、西南长官公署副长官邓锡侯、潘文华等在雅安联名通电起义，西康和平解放后，新旧交替时，刘文辉在成都与即将到任的中共西康省委书记廖志高会面，刘文辉送给廖志高三句话，其中就有一句是："你要掌握好茶叶。"几朝几代，开门七件事，在雅安，茶是不能不排在首位的。

雅茶历史上狭义地说就是指藏茶，今天我们再来谈论雅茶时，就应该是广义地指雅安出产的所有品种的茶。接我们的车子在向名山区的蒙顶山上的宾馆行进途中，路边看得到醒目的广告牌："扬子江心水，蒙山顶上茶。"有人考证出，这副天下第一茶联是从元代李德载的元曲小令中演化而来的。所谓"扬子江心水",按唐人张又新《煎茶水记》的划分,水与茶宜者凡七等,扬子江南零水第一,南零水就是中冷水,说的是当年扬子江的江心岛上的中冷泉水。袁枚在《随园食单》写到茶时,第一句话就是:"欲治好茶,先藏好水。水求中冷、惠泉。"这也印证了中冷水的茶中之首的地位。"蒙山顶上茶",就是指雅安的蒙顶山上的茶。蒙顶山就是蒙山的另一种叫法,因山顶多是雨雾蒙蒙而得其名。李肇在《唐国史补》评价说:"剑南有蒙顶石花,或小方,或散芽,号为第一。"白居易在《琴茶》中写道:"兀兀寄形群动内,陶陶任性一生间。自抛官后春多醉,不读书来老更闲。琴里知闻唯渌水,茶中故旧是蒙山;穷通行止常相伴,谁道吾今无往返。"这里的"渌水"说的是古琴曲,而"茶中故旧"指的就是雅安的蒙顶山茶了。在白居易的心中听听古琴曲,喝喝蒙顶山茶,颇有超然世外之享受。善于追随前辈的陆游,在他的《卜居二首》中也有写到蒙顶山茶的句子,诗为:"南浮七泽吊沉湘,西溯三巴掠夜郎。自信前缘与人薄,每求宽地寄吾狂。雪山水作中濡味,蒙顶茶如正焙香。傥有把茅端可老,不须辛苦念还乡。"陆游在四十多岁时,曾两度入川做官,对四川的风物十分了解,他也是个好茶之人。蒙顶山上出产这么好的茶,他自然不会错过。不过略感遗憾的是不可能取来"扬子江心水"来泡"蒙山顶上茶"了,只能就近、就便取到山上的雪水以代之。

当我在这手忙脚乱掉书袋,口干舌燥论茶史时,听见不愿解散的雅安采风群里的微信叮叮响起，忍不住瞥了一眼，原来是几位同来的朋友开始品上蒙顶山的"甘露茶"了。这可真让我有点儿羡慕。

蒙顶山上的"甘露茶"为何这样闻名天下呢？那是与西汉时期的吴理真在此处种茶有关。后世将吴理真视为世界上把茶树驯化后人工种植第一人，称之为茶祖。至于有记载吴理真被封为甘露大师的事，那已是南宋年间了。淳熙十三年（1186年），宋孝宗封其为"甘露普惠妙济大师"，并把他在蒙山顶上手植七株茶树的地方封为"皇茶园"。这次采风期间我们也都在皇茶园围栏边上拍照留念。说蒙山茶名气大，不是随便说的。在伦敦大学图书馆工作的罗伊·莫克塞姆，曾在非洲当过十三年的茶叶种植园经理，他对茶有很深的研究。他在《茶：嗜好、开拓与帝国》一书中居然也谈到中国雅安的蒙山茶。他说："饮茶习惯在社会上普及之后，有钱人不可避免地会去寻求'高品味'的茶叶。人们在奢侈品方面总是有一种物以稀为贵的心理。因此，生长在高纬度地区的茶叶由于种植困难、产量低而获得了高贵的地位。生长在高纬度地区的茶叶毫无疑问味道会更清雅，但有些好事者养成了专门到最偏远、最人迹罕至的地方去寻找茶叶的癖好（这种对几乎无法获得的品种的渴求是中国历史上反复出现的一个主旋律。据说在四川蒙山出产的一种茶是如此之稀少，以至于仅有七棵茶树能够生产这种茶叶，每年产量只有九十片茶叶）。"接着他用一句话总结说："茶的质量和价格能够显示一个人的身份。"这样看来，为什么蒙山茶几朝几代都是贡茶，就不言自明了。好在今天有口福的人越来越多，品尝到"甘露茶"也不再是多难的一件事儿了。

美国的人类学家罗伯特·路威在他的《文明与野蛮》一书中，讲述过一段茶叶从中国传播到西方的故事。"约在6世纪中，中国已经种茶树，可是欧洲人却到了1560年左右才听到茶的名字，再过五十多年荷兰人才把茶叶传到欧洲。在1650年左右，英国人开始喝茶"，"可是好久好久，只有上等社会才喝得起茶"。欧洲人最初把茶叶是当作包治百病的灵丹妙药的。罗伯特·路威说："法国的医界说它是治痛风的妙药，有一位大夫还说它是万应灵丹，担保它能治风湿、疝气、羊痫风、膀胱结石、黏膜炎、痢疾和其他病痛。亚佛兰彻主教但尼尔·羽厄害了多年的烂眼和不消化症，过后喝上了茶，你看！眼睛也清爽了，胃口也恢复了，无怪乎他要写上五十八行的拉丁诗来赞扬了。"连鸦片战争的爆发，也不能不说与茶有关。英国人喝茶上瘾以后，购买中国茶叶的白银越来越不够用。起初，他们是卖给中国棉花，可中国对棉花的需求量远远低于英国对茶的需求，之后他们就想出歪点子，开始大量向中国贩卖鸦片，直接导致后来的鸦片战争。

抚今追昔，当我们坐在雅安这座城市的任意一个地方，端起一杯蒙顶山的"甘露茶"，听听细雨，看看云雾，惬意中得到的不就是人生中最需求的"雅"和"安"嘛！

见识南阳

提起南阳，头脑里先反应出来的是小时候的一个关于"府"字的字谜："一点一横长，一撇到南洋，南洋有个人，只有一寸长。"每次听到"南洋"两个字时，不知为什么，我都会固执地认为是"南阳"。其实，那时候我既没下过南洋，也不可能到过南阳。当然，看了《三国演义》就没有人不知道诸葛亮与南阳的这段故事了。关于诸葛亮的躬耕地到底是在南阳还是襄阳，至今也未有一个公认的结论。追究起来，得怪《三国演义》的作者，在涉及这个问题时，走马荐诸葛的徐庶一会儿说："此间有一奇士，只在襄阳城外二十里隆中。"一会儿又说，"亮与弟诸葛均躬耕于南阳。"此后多次将襄阳和南阳混为一谈，当然，这种混淆根源不能怪小说家，还得从史学家身上找原因。《三国演义》是根据《三国志》的史料而写的小说，诸葛亮躬耕襄阳还是南阳的说法在《三国志》中就没说清楚，尤其是东晋的史学家习凿齿所写的记述三国史事的《汉晋春秋》说："亮家于南阳之邓县，在襄阳城西二十里，号曰隆中。"诸葛亮的《出师表》里说:"臣本布衣,躬耕于南阳。"但"襄阳派"认为这个"南阳"是指襄阳城西二十里的南阳郡的邓县,而非南阳城。对《汉晋春秋》这类史书的不可信程度,早在唐代史学家刘知幾就曾指责司马迁、习凿齿:"编诸史籍,疑误后学,不其甚邪!"裴松之在《三国志》作注时提到习凿齿的著作时认为:《襄阳记》和《汉晋春秋》"此二书俱出习氏而不同若此……以此疑习氏之言为不审也"。今天有学者仔细考证后,认为诸葛亮前后《出师表》中提到的南阳就是指现在的南阳市区,历史上的南阳郡治所,既叫宛城,也称南阳,不可能指的是范围广大的南阳郡或指所谓的南阳郡所属的襄阳附近的邓县之类。我觉得这个说法更加合理。为平息这个历史悬案,清代道光年间的南阳知府顾嘉衡在重修武侯祠时撰写了一副对联:"心在朝廷,原无论先主后主;名高天下,何必辨襄阳南阳。"就算是不了了之了吧。

20世纪90年代时,必胜兄向我推荐周大新的小说时给我说起南阳有个作家群,有乔典运、二月河、周同宾、行者等人,号称是最牛的地市级作家群。广义的南阳作家群,应该包括南阳籍的作家,像姚雪垠、卧龙生、痖弦、宗璞、张一弓、田中禾、周大新、柳建伟等都是南阳人,此地真可谓是藏龙卧虎。

有一年,也是南阳走出来的诗人马新朝约我和洪波、叶延滨几个人去南阳玩,那算是我第一次到南阳。说是到南阳,实际上只是来去在南阳市区停留了一下,并未住在市里,而是住在渠首。渠首原是引水灌溉的水渠之首，后来因南水北调中线的引汉江水之首而名声大噪。说完整了，渠首应该是南阳市淅川县九重镇陶岔村陶岔渠首，汉江水进入丹江口水库然后就是从这里经过一千四百多千米的旅程，一直流到北京的团结湖。

我们在丹江口水库乘船转到电站的大坝边上，装模作样地看了看，拍了几张风景照，后来也没有保存。丹江口水库里的水是我看到的中国最干净的江河之水，它完全能够直接用手捧着喝。这也是个奇迹，在经济高速发展、生态环境危机的情况下，尚能有汉江蓄成的一湖碧水，幸哉幸哉。

2022 年 10 月，南阳市政府和《钟山》杂志社联合举办"著名作家写南阳"文学笔会，我又有机会来到了南阳，且在这个城市住了几天，好好看了几个地方。

从武侯祠参观后出来，车行至卧龙岗的龙首处——南阳汉画馆，两位身着汉服的女士已在雄伟高大的汉阙下迎候我们。南阳的汉画，就是汉代墓葬中的石刻。浏览一次南阳汉画馆，就等于是形象地了解一部汉代社会生活史。在汉画中看到了好几幅有关牛的石刻，有意思的是这画中的牛，已不仅仅作为人类犁田耕地的搭档，也不光是可做牺牲、可做美食之动物，先民还赋予它辟邪的功能，把它与白虎一起放在门环上。或许是认为妖魔有时会附着在牛身上，石画中就有人用弓箭射杀了那化装成牛的妖魔。有一幅汉画上情节趣味横生，画面上有一条龙、一只熊和一头牛。汉代人的观念中，龙和熊都属于瑞兽，而牛在此是作为魔鬼的化身。画面的右下角，有一个小小的胡人，正在举刀阉割这头牛。阉割也成了一种驱魔辟邪的仪式。鲁迅先生特别喜爱南阳的石画，他用稿费托朋友给他买到二百三十一张南阳石画拓片。1936 年 8 月，在病榻上的鲁迅还给朋友写信，嘱咐朋友别忘记待水消之后给他拓下南阳一座桥基下的石刻。鲁迅喜爱收藏南阳石画的一个想法是石画有可供当时正在国内兴起的现代版画创作者借鉴的艺术特质。他在与广州办《现代版画》杂志的版画家李桦通信时说："是以为倘参酌汉代石刻画像，明清的书籍插画，并且留心民间所赏玩的所谓'年画'，和欧洲的新法融合起来，也许能够创生一种更好的版画。""我以为明木刻大有发扬，但大抵趋于超世间的，否则极有纤巧之憾。唯汉人石刻，气魄深沉雄大；唐人线画，流动如生。倘取入木刻，或可另辟一境界也。"

采风活动的车行途中，街道两旁到处可以看到深秋时节仍在绽放的月季花，真是赏心悦目。当地陪同的朋友介绍说，月季是南阳的市花，下一站我们就要到南阳月季博览园去看看。月季可能是全中国作为市花最多的一种花，据统计包括北京在内有五十多个城市都把月季评为市花，可见这月季可不简单。按说，月季好像是人们非常熟悉的一种花，但若稍微探究探究，我们对它就太缺少了解了。月季与玫瑰、蔷薇同属蔷薇科蔷薇属的植物，尤其容易混淆的是月季与玫瑰。玫瑰一年只能春季开花，它的花朵大多用于提取香料、精油或食用。月季是一年多季开花，苏轼有诗曰："唯有此花开不厌，一年长占四时春。"今天，我们从鲜花店买来的玫瑰，实际上大多并不是玫瑰，而是月季。造成这种情况的原因是我们把外文中的月季也翻译成了玫瑰。月季是全世界花卉之中的皇后，它集东西方的宠爱于一身。在南阳月季博览园中，我们了解到月季分为古老月季和现代月季。古老月季的故乡就在中国。法国里昂的一家权威植物研究机构给现代月季进行基因测序的结果表明，绝大部分基因来源于古老的中国月季。中国月季是在两百多年前远赴法国（也有人说是英国），经过与欧洲月季的多次杂交，培育出来了现代月季，到现在已有三万五千多个品种。中国月季到了欧洲，改变了一种植物的命运，也改变了人类的生活。如果没有月季（玫瑰）的参与，人类的爱情表达将会失去许多美好和浪漫。南阳作为中国月季之乡，在2019年还为月季办了一件大事——举办了世界月季洲际大会，参加这次大会的世界月季联合会秘书长德瑞克·克劳斯在评价南阳的这次活动时说："英语中月季与玫瑰都叫Rose，它最早是沿着丝绸之路，从中国来到欧洲，从英国开始风靡西方，英国人爱月季与热爱中国茶叶一样由来已久。"

月季还有一个称谓叫"长春花"，宋代徐积有诗《长春花》为证："曾陪桃李开时雨，仍伴梧桐落后风。费尽主人歌与酒，不教闲却卖花翁。"巧的是，我所居住的城市就是长春，人们在探讨这个北方城市名称的由来时，有一种说法就是以长春花命名的城市。的确，在长春的公园和街边，能够看到月季花不是稀奇的事。我居住的小区里好多家的院子边上，寒风中还有月季花并未凋零，足以证明月季的坚忍品性。新疆奎屯有一对研究月季的专家夫妇，他们经过长时间的培育，已成功培育出一种特别耐寒的月季——"天山祥云"，它可以在北纬四十五度，零下三十摄氏度左右的环境下自然越冬。这样的品种若是来参加南阳月季博览园展览，世界上许多寒冷的地方引进后将会开出多么绚烂的花朵啊！

天香生虚空

　　《茶经》上第一句话就告诉我们："茶者，南方之嘉木也。"显然，茶不出自北方。好像过了河南、安徽、山东再往北就没有茶树能生长了。按《茶经》所说：茶的出产地为山南、淮南、浙西、剑南、浙东、黔中、江西、岭南，也就是相当于今天湖北、湖南、河南、安徽、浙江、江西、四川、贵州、广东、广西等十一个省区。既然不出产茶，北方人大多不懂茶也就不足为奇了。记得小时候，家里一般都有一个铁盒的茶叶罐，装的多为花茶，来了贵客才会给泡上一壶。茶壶多是陶瓷的，放在八仙桌上，壶的周围摆上一圈茶杯，底下还有个托盘。当然，小孩子是没有喝茶的份的。20 世纪 80 年代出差到科尔沁草原，饭后那里都是用很大的杯子泡上酽酽的红茶，或许是为了帮助消化顿顿都吃的牛羊肉吧。现在想来，那时喝的所谓红茶肯定是劣质的勉强叫作茶的干树叶而已。在东北的小饭店里，餐前也会给顾客送上一壶免费的茶，倒在杯子里，茶水略微有点儿浅黄色，喝不出茶的味道来，我们戏称这茶为"涨肚黄"。北方人饮茶的历史虽无法与南方人比，但到了喝"涨肚黄"的境地也不能视之为常态。说起来，金代女真人就把饮茶当作时尚了。给吉林扶余的《大金得胜陀颂碑》题写碑额的金代大文人党怀英就有咏茶词《青玉案》，词中写道："一瓯月露心魂醒，更送清歌助清兴。痛饮休辞今夕永。与君洗尽，满襟烦暑，别作高寒境。"这算是文人雅兴。而大金的皇帝金熙宗年幼时受汉文化影响太深，后来也学会了宋朝的茶艺——分茶，竟被《金史》所诟病，说他失去了"女真之本态"。连大清的皇太极都告谕贝勒爷们，要吸取历史教训，不能像金熙宗这样喜欢茶戏，"耽于酒色""效汉人陋习"。追根溯源，听这话的里面也捎着了宋代的"艺术家"皇帝徽宗赵佶。因为赵佶不仅是画家、书法家、诗人，他还是茶艺大师。他曾在朝廷上亲自给大臣们秀茶艺，还有博士级的论文《大观茶论》流传后世。这个皇帝能文不能武，成为历史上的负面典型。

如今人们的生活发生了翻天覆地的变化，喝茶早已没有南北之别，东北的茶馆也是随处可见，好朋友相见也以分享好茶为乐事。今年中秋时节，去参加广西凌云的笔会，心底隐藏的一个秘密就是想带回点儿凌云的白毫茶，和朋友们一起品品。

车子一进入凌云县的城中心，你就会被一个巨大的茶壶雕塑所震撼。这个高八米多的雕塑矗立在泗水河畔的旅游购物广场上，人们后来就把这个广场称之为大茶壶广场。且不论这个雕塑艺术上的分数应为几何，作为茶乡的一个符号它的作用是显而易见的。从这样一个雕塑中，你还能感觉出凌云这里的人是非常纯朴实在的。其实，凌云的白毫茶可圈可点的地方太多了，是绝不可小觑的。

凌云白毫茶指的是茶树的品种，原来是野生茶树，今天在凌云仍有三百多亩野生凌云白毫茶树。凌云白毫茶树天生丽质，她生长在海拔八百米以上的云雾山中，得日月之精华，承雨露之滋润，为茶树品种中的"全能冠军"，是世界上少有的绿、红、黑、青、黄、白六大类茶都可制作的上好原茶。关于凌云白毫茶有好多故事和传说，有人说茶圣陆羽当年到凌云采过茶，玉洪先锋岭曾建有"茶圣传艺亭"为证。有人说凌云白毫茶深得摩洛哥国王哈桑二世喜爱，被他称之为"茶中极品"。确有不少资料介绍，摩洛哥人把茶叶、面包和糖作为三大生活必需品，用哈桑二世的话说，没有茶叶，人民会造反的。当年，周总理和陈毅访问摩洛哥时，哈桑二世就提出要多从中国进口茶的要求。现在，仅有三千万人口的摩洛哥仍是中国绿茶的第一大进口国，摩洛哥茶叶的年消费量为人均两公斤。在世界各国茶叶人均消费的排行榜上，摩洛哥一直在前五位里，而中国则在十五到二十位之间徘徊。撇开这些故事和传说，我们来看看那些让人眼花缭乱的各种奖项和评比，凌云白毫茶可自豪骄傲的根据也是比比皆是。别的不说，单就茶方面在广西的三个第一、一个唯一就足见其地位了。凌云是广西第一个通过欧盟有机茶认证的县份，是广西第一个国家级无公害茶叶生产基地，是广西第一茶叶生产大县，是广西唯一"中国名茶之乡"。茶在凌云人的心目中是最可靠的依赖，凌云有茶园十一万亩，有一万多户、五万多人从事与种茶、制茶、售茶有关的工作，也就是说四个凌云人中就有一个是在做着与茶有关的活儿，因为凌云县的人口总数为二十万左右。

有时想想这世界上的事情耐人琢磨，就说凌云县的名称，《凌云县志》上解释说："县曰凌云，得名于山，起自清初，以表其峻。"凌云作为白毫茶的命名，天生就是这么恰切，正如诗云"天香生虚空"是也。当然，百闻不如一见，百说不如一品。你要真想知道凌云白毫茶好在哪里，妙在何处，那就不能只是听别人在这里絮叨了，恐怕必须得泡上一壶，亲口尝尝了。

又到凌云

　　凌云，肯定是一个算不上很有名的地方，可这样的地方，好处是它的绿水青山都还在，没怎么遭到破坏，真是幸哉幸哉。其实，多年以来我对名气大的地方兴趣并不大，因为那样的地方难免是人满为患。在那些地方游览，看到的不是宜人的风景，而是人群的后脑勺；听到的不是悦耳的鸟鸣，而是导游的小喇叭声。我曾有个体会，倘若一定要去风景名胜区，那就能"反时"则"反时"，能"反季"则"反季"。"反时"就是别人白天游，咱就夜游，"反季"就是人家春天去，咱就秋天去，甚至冬天去。尽管这样会错过对名胜的认可度最普遍东西的欣赏，但你总会较少受到人群的干扰，幸运的话，还会发现一些独享的景致。后来，我的想法又向极端进了一步，干脆就不怎么愿意去那些为名所累的地方了。与其在那些地方受罪，不如到那种没什么名气，但会给你更多惊喜的地方去走走、看看，广西的凌云县在我看来就是这样一块宝地。从东北长春出发，坐飞机先到南宁，然后再乘四个多小时的汽车，才能到达凌云。纯粹消耗在路途上的时间就有八九个小时，算上等候、过渡、休息等，是需要花两天的时间才能到凌云的。虽然旅途劳顿，但一住进碧波荡漾的浩坤湖畔的酒店，泡上一壶凌云白毫茶，顿时就会感到神清气爽、气定神闲。

说起来，我这是第二次到凌云，2015 年中秋时节，我来凌云参加过一次笔会，那次因为提前一天离会，很想参加的到茶场采风的活动没能去成，留下了遗憾。今年来凌云前后这段时间，事情也多，我暗下决心，这次一定要排除干扰，坚持到底。再说，不去茶场看看，也对不起自己喝了两三年的一款凌云红茶。当然，茶里边的说道太多，不懂的人还是少多嘴为好，可有时候忍不住还是要议论议论。那些知名大牌的茶，一定有它不枉虚名的道理，但作为日常的生活必需品，哪能总喝到那么奢侈的好茶啊。于是，当喝到东西兄送我的凌云出产的这款浪伏红韵茶之后，觉得凌云的茶真是又好又实惠。喝完了厚着脸皮打电话拐弯抹角地索要，直到实在不好意思开口为止。有时怂恿别人组团跟东西兄要，自己好从中也蹭上一份。好在东西兄心里有数，每次见面都不忘带上两盒红韵给我。这款红韵条盒净量一百六十克，价格不到百元，泡出来色泽明亮，喝起来味道浓郁悠长。正所谓陆羽所感叹的岭南一些茶圣未曾到过的地方出产的茶"往往得之，其味极佳"。

5 月 18 日下午，主人安排我们来到浪伏小镇，也就是浪伏茶山，一睹好茶是怎么生长出来的。浪伏茶山海拔在一千米左右，大大小小有五十多座山峰，宛如一座座绿色的金字塔，因此，这里也称之为浪伏茶山金字塔。百闻不如一见，到浪伏茶山一看，才实实在在获得了一些有机茶的常识。这里的茶园并不是整齐划一，而是有点儿杂草丛生。灭虫是不能喷洒农药的，而是采用物理方法，也就是使用灭虫灯。也采用一物降一物的生物灭害虫的方式。茶园里不是茶树唯我独尊，而是宽容地任由桃树、李子树等树种生长。走过一段土壤表面覆盖着稻谷壳的茶园，我好奇地向茶场的师傅请教，才知道这是一种施有机肥的方式。浪伏茶人的理念就是认准了走做有机茶的道路，一丝不苟地坚守着这种天人合一、顺应自然的态度。就像"浪伏"两个字所蕴含的意思一样，"浪"代表着春夏，标志着播种和生长，主阳；"伏"代表秋冬，标志着收获和储藏，主阴。阴阳调和，敬天畏地。

凌云的山是能长出好茶树的山，凌云的水也是不同凡俗的水。听听人家这条穿城而过的河流的名字，就会让你眼前一亮：澄碧河。澄者，水静而清，碧者，玉一般的青绿色。这样的河水如今是不大好找到的。澄碧河，也就是泗水，属于右江上游，珠江的一个源头。这条河发源于凌云地界的青龙山北坡，有意思的是它在流经过程中，也好像和"浪伏"两个字有种呼应和契合。它有时在地上蜿蜒流淌，有时则在地下暗香浮动。生活在这样的山水之间，的确令人艳羡不已。还不用说这里的森林覆盖率高达百分之七十八，空气里每立方米负氧离子含量高达五千个，最高可达两万个，真可以"洗肺"。这次采风活动中，我们见到了刘桂树和朱芝荣这对百岁老人夫妇。看到两位老人家精神矍铄，动作机敏，若是不知道年龄的话，无法想象他们已是这样的岁数。

长寿与茶也是一个有趣的话题，中国传统上就有"米寿"和"茶寿"的说法。冯友兰赠给金岳霖的一副寿联就用了"何止于米，相期于茶"这样的话。"米寿"就是字形代表的八十八岁，"茶寿"比"米寿"要加二十岁，代表一百零八岁。"茶寿"除了喻指高寿之外，还指向着一种超凡脱俗的精神境界。从对人体健康的角度说，《神农食经》上就有"茶茗久服，令人有力、悦志"的记载。唐代孙思邈的弟子孟诜在《食疗本草》中总结说，茶，清利大肠，消热化痰。还说，茶可以下气，使人不至于贪睡，消化隔夜未化的食物。孟诜不厌其烦地指导饮茶者，应喝当天煮成的茶为好。煮取的茶叶汁，用来煮粥喝，效果很好。至今人们仍有不喝隔夜茶的习惯，或许就是来源于孟诜的教导，但喝茶粥的方式，我还未曾见过，不知在什么地方还有保留。清代袁枚的《随园食单》里重点强调了好茶需要用好水泡。明代的《五杂俎》中说，昔人谓："扬子江心水，蒙山顶上茶"说的也是水与茶的关系。《金陵琐事》上讲，茶以东南枝者佳，采得烹以润泉，则茶竖立，若以井水则横。《六研斋笔记》里把喝茶的事和人的精神生活紧密地联系起来，"茶以芳冽洗神，非读书谈道，不宜亵用。然非真正契道之士，茶之韵味，亦未易评量"。罗廪的《茶解》中说，"茶通仙灵，久服能令升举"，"山堂夜坐，汲泉煮茗，至水火相战，如听松涛，倾泻入杯，云光潋滟。此时幽趣，故难于俗人言矣"。这么说让人会觉得有点儿玄。柴米油盐酱醋茶的事大可不必如此苛求，喝茶的妙处懂与不懂也无所谓，反正喝茶的好处是摆在那里的。有人对百岁老人长寿的原因做过调查，结果显示有八成百岁老人有饮茶习惯，有四成百岁老人的养生诀窍是嗜茶如命。我还看到一个言之凿凿的文章，引用国外许多权威机构的研究成果，证明喝茶对增强免疫力、抗癌、减肥等若干方面均有说不尽的益处。虽然觉得有些神奇，但似乎都是真的。

天峨初见

　　我到广西来过多次，围绕在天峨周边的几个县，差不多都已到过。1991年我就曾到过南丹，是从桂林出发，乘了一夜的绿皮火车到达的，为的是参加佩华兄当时所在的《三月三》杂志的一个笔会。2004年到过乐业，在布柳河上漂流过，后来明白，那布柳河和天峨的布柳河是同一条河，属于红水河的支流。近几年受朋友之邀又去了大化，且不只去过一次。大化让我难忘的是，一天夜里我和田瑛、东西三个人在红水河畔的一家小酒馆里喝了个通宵，最好的下酒菜是红水河袅袅升腾的白雾，让人觉得如梦如幻。2015年又到了凌云，凌云的白毫茶让我和身边的朋友喝得上瘾，竟多次厚着脸皮把东西家的珍藏给索要了个精光。

　　按说知道天峨是东西的家乡时间也不短了，但一直没有合适的机会到天峨看看。当然，我觉得好饭不怕晚，看风景亦如是。甚至，我有时到哪里还有意留个重要的地方先不看，让它保留在向往中。不看的好处是你尽可调动想象。我想这种偏僻、交通不便的地方都有一个共同的特征，就是生态环境被破坏得没那么厉害，山啊、水啊、树啊都还侥幸活得自在。这几年雾霾较重，于是，东西邀我们来时也颇动了些脑筋，广告词是说请我们到天峨这座好空气之城来洗洗肺，这里的森林公园负氧离子含量超过城市一百五十倍。当然，天峨的诱人之处多得很，还有闻名遐迩的龙滩天湖、龙滩大峡谷，还有燕子洞，还有龙滩珍珠李，说这里好地方、好东西遍地都是，不能算夸张。于是，我就在酷暑高温的三伏天里，从大东北乘五六个小时的飞机先到南宁，然后又乘七八个小时的汽车，差不多等于是花了两天的时间终于到达天峨。

天峨最令人惊艳的当说是红水河。这条河发源于云南曲靖的马雄山，上游称为南盘江，经过贵州境内与北盘江相会后始称红水河。之所以叫作红水河，是这条河在上游流经红色沙贝岩层，水色呈红褐色。红水河从贵州罗甸县进入广西境内，在广西最长的段落就在天峨，有一百一十多千米。就是在流过天峨时，这条河仿佛由一只咆哮的猛兽变成了一位深沉的女神，河水的称谓也要重新命名了，要改称绿水河才对。说到河水的颜色变化，若不是亲眼所见，总是让人难以相信。谁能想到黄河上游青海境内的坎布拉是一片碧绿、清澈见底的样子呢。红水河在天峨变成绿水河的原因在于龙滩天湖的沉淀和过滤，这使我这个对在江河上修电站总有担忧的人，认可了电站给自然回报的第一个好处。红水河的温柔秀美，还有个不可或缺的原因，那就是两岸群山的俊俏巍峨，说是"郴江幸自绕郴山"，山水相依，互为映衬；说是"相看两不厌"都不错。孔子说仁者乐山，智者乐水。老子说上善若水。较之山水关系，上升到中国哲学的高度，水比之于山似乎就更多了些说道。或许在老子的启发下，孔子才有了一段君子应该怎样观察水的对话。子贡问曰："君子见大水必观焉，何也？"孔子曰："夫水者，启子比德焉。遍予而无私，似德；所及者生，似仁；其流卑下，句倨皆循其理，似义；浅者流行，深者不测，似智；其赴百仞之谷不疑，似勇；绵弱而微达，似察；受恶不让，似包；蒙不清以入，鲜洁以出，似善化；至量必平，似正；盈不求概，似度；其万折必东，似意。是以君子见大水必观焉尔也。"

　　在天峨我还认识了这个县的领导陆祥红，这位有文人情怀的青年才俊，他的性格在我看来就像红水河的水一样智慧而低调。一见面还未说上几句寒暄话，他就向我介绍了自治区刚刚在天峨开过的全区现代特色农业示范区现场推进会。从龙滩珍珠李是怎样培育出来的，到这种水果的独特品位；从目前的种植面积，到将来会给天峨的老百姓带来什么样的效益，滔滔不绝地给我上了一堂普及课。也使我对这种小时候不大敢吃的水果类型改变了认识。等到去龙滩珍珠李果园采摘的时候，竟然也大快朵颐起来。除了龙滩珍珠李之外，天峨还有早熟油桃、秋蜜桃、甜柿、百香果等好多好吃的水果。尤其那百香果，名副其实，吃上一口，有番石榴的味道，有菠萝的味道，有芒果的味道，还有香蕉的味道，真是神奇。这百香果不光好吃，其对人身体和精神的益处也很多，它富含人体所需的十七种氨基酸、多种维生素和类胡萝卜素及各种微量元素。它可以助消化，可以提神醒脑，还可以排毒养颜，数不尽数啊。坐在天峨的六排镇纳洞村的文化广场，一边观赏村民们表演的壮族蚂拐舞，一边品尝龙滩珍珠李和百香果，那可真是快乐无比的境界。

要离开天峨的时候，下意识地反复在吟诵"天峨"这两个字，觉得这两个字包蕴万千，"道可道，非常道；名可名，非常名"。天峨，既是说出了山之雄奇，也在隐含着水之奥妙；天峨，既是一种原初之谓，也是一种永恒之谓。南社的高旭有诗云："苍天梦梦依然醉，江自长流山自峨。"很像是在说天峨啊。

巫　山

　　巫山值得示人的文化名胜数不胜数，倘作为一个巫山人，怎能不感到骄傲呢，说起家乡时怎能不底气十足呢。一见巫山朋友的面，他们张口就会告诉你，到了巫山可以来观"一江碧水，两岸青山，三峡红叶，四季云雨"，可以来探"千年古镇，万年文明"。

　　不用说，"一江碧水"说的是长江，尤其是长江三峡中最为让人赞叹的篇章——巫峡，还有诱人的神女溪、小三峡、小小三峡。"两岸青山"，说的是巫山，巫山山脉在地理上的位置非常重要，它是中国地势二、三级阶梯的分界线，西为四川盆地，东为长江中下游平原。"三峡红叶"，是指每年秋冬时节，漫山遍野的黄栌、乌桕的树叶，在阳光的照耀下，红得让人以为进入了仙境。"四季云雨"，指的是巫山和三峡之间小气候形成的变幻莫测的云雾，更重要的是指围绕巫山云雨带来的神女的美丽传说。"千年古镇"，是以大昌古镇为代表的，始建于晋代的有一千七百多年历史的古城，三峡库区蓄水前已整体搬迁保护。"万年文明"，是说被考古界关注的两百万年前的龙骨坡"巫山人"和五千年前的大溪文化遗址。可是当你被一口气说出来的这么多景观镇住的同时，沉静一下，回过神来，会又觉得如果只是想了解这些知识，大可不必鞍马劳顿，亲临巫山。只要进入网络，手指一点，这些知识就尽在掌握之中。我想人们跋山涉水奔赴巫山，一定是还有更多说不清的诱惑。

巫山的文友很细心，到了巫山以后在材料袋中找到了一个小本本——《巫山经典诗文百篇》，我把这个小本本称之为"圣经"。每天揣在身上，随时在车上就可以诵读一段。《巫山经典诗文百篇》序言用的题目是"行到巫山必有诗"，这个句子出自唐代的一位民间诗人繁知一。据唐代王摅的笔记《云溪友议》记载，当年听说大诗人白居易要到忠州赴任，秭归诗人繁知一知其必经巫山，便先在巫山的神女祠的墙壁上醒目地写下了："苏州刺史今才子，行到巫山必有诗。为报高唐神女道，速排云雨候清词。"等白居易到了巫山时，看到了繁知一的题诗，便约他一见，对他说刘禹锡在白帝城当了三年官都不敢写一首有关巫山的诗，等到他离任时把写巫山的千余首诗筛选了一遍，只认为沈佺期、王无竞、李端、皇甫冉的四首是古今绝唱，可以流传。这个故事意在说明写巫山的诗太多了，而且有的已成为不可超越的名篇了。白居易觉得佳作在前，自揣力不足以胜之，不如搁笔。较起真来，这段故事还有些地方禁不住推敲。说沈佺期、王无竞、李端、皇甫冉的诗写在刘禹锡之前没错，说白居易来时，刘禹锡已到这边当过官又离开了，就对不上了。白居易经过巫山去忠州的时间是元和十四年（819年）春，刘禹锡的夔州任职是在长庆元年（821年）冬。也就是说白居易来巫山在先，而刘禹锡到夔州在后。再者白居易和刘禹锡两个人都曾写下了一些有关巫山的诗篇，刘禹锡有《巫山神女庙》《竹枝词》，其中"杨柳青青江水平，闻郎江上唱歌声。东边日出西边雨，道是无晴却有晴"就是尽人皆知的诗句。白居易有《初入峡有感》《题峡中石上》《竹枝词》《长相思》等篇章也是几近家喻户晓。据有人统计，写巫山的诗文有五六千首，当然，这之中的故事弄出点儿错乱，也不足以为怪。

《警世通言》中有一篇《王安石三难苏学士》，也是流传甚广的一段与巫峡有关的故事。这篇故事讲的是王安石用三件事来"教育"苏东坡。其中第二件为难的事，说苏东坡被贬到黄州，临行前，他来向王安石辞行。王安石托他倘送家眷往来过三峡时给带回些中峡的水，好遵太医之嘱，用来煎药治病。苏东坡到了黄州之后，正好有个送夫人回眉州的机会，也好顺便完成王安石让他取中峡之水的交托之事。苏东坡从陆路送家眷到了夔州后，因考虑自己返回时间不够，就令家人自回，东坡由夔州乘船由水路顺流而下。船过巫峡时，东坡看见那峭壁千寻，沸波一线，想要做一篇《三峡赋》，因连日鞍马困倦，凭几构思，不觉睡去，不曾吩咐水手取水。等到醒来时一问，船已过了中峡巫峡，到了下峡西陵峡。东坡急欲让水手调转船头回到巫峡取水，水手禀道调头回返是逆水而行，不好行船。东坡一想也是，便吩咐下人在附近找个当地的老者请教请教。下人待船靠岸，找来一个当地的老人，带到船上。东坡上前请教，说这三峡中的水哪一峡的水好啊？老者道，三峡相连，并无阻隔，上峡流入中峡，中峡流入下峡，昼夜不停，一样的水，哪能分出好歹。东坡觉得老者的话甚有道理，心想这王安石也是矫情，一样的江水，何必非要中峡之水呢。便叫手下从百姓手里买了个瓷瓮，就地在江中汲上水来，用柔皮纸封好，即刻开船。回到黄州后，即借公务之机赶到洛阳，给王安石把这所要之水送到府上。茶罢，王安石问东坡，老夫烦让你带的三峡中峡之水可曾带来？东坡答道，带来了。王安石命人将水瓮抬进书房，亲自打开。命童儿烧好水，取白定碗一只，投阳羡茶一撮于内。其茶色半晌方见。王安石问："此水何处取来？"东坡道："巫峡。"王安石道："是中峡了。"东坡道："正是。"王安石笑道："又来欺老夫了！此乃下峡之水，为何说成中峡的呢？"东坡大惊，赶忙解释说，自己问过当地的老人，说三峡相连，水都是一样的。这水确实是下峡取的。老太师是怎么辨别出来的呢？王安石说，这三峡的水性，《水经补注》中说上峡水性太急，下峡太缓，唯中峡缓急相半。太医知老夫乃中脘变症，故嘱用中峡水引经。此水烹阳羡茶，上峡味浓，下峡味淡，中峡浓淡之间。今见茶色半晌方见，故知是下峡之水。过于聪明的苏东坡因此大受触动，只好离席谢罪。《警世通言》这段故事且无论真实与否，今天读来，还有点儿像是作家深入生活的警示教材。

围绕巫山产生的文学故事真是太多了，故事多了就难免会产生歧义和争议。就算是被李希霍芬称赞为世界地理学先导的《水经注》中，关于三峡的记载"自三峡七百里中，两岸连山，略无阙处"之类，也是有值得商榷的。郦道元是魏晋南北朝时期的北魏人，由于南北战乱等原因他是不可能到过三峡实地考察的，《水经注》中有很多内容，是使用别人的资料加以整理完成的。有人考证按当时北魏的长度单位换算一里约等于五百七十六米。那么七百里则等于是现在的八百多里，也就是四百多公里。而三峡的瞿塘峡为八公里、巫峡为四十六公里、西陵峡为一百二十公里，加在一起共为一百七十四公里。相差一半还不止呢。

　　历史学家金毓黻在 20 世纪 30 年代曾游历过三峡，他是溯江而上，在《静晤室日记》中写道："经秭归、巴东二县，入四川界，得巫山峡，其境尤奇。江北岸有崖削平如碑，似有文字，或题曰孔明碑。再西则为巫山十三峰，北岸峰绝高，壁立数十丈，如巨斧劈成。其上屹立如堞，形如长城之随山起伏。又有南岸峰顶屹如列屏，称曰螺蛳壁。或谓南北岸峰各六，故有十二峰之名。然以无人指点，莫能辨其详也。再西则，西则为巫山县，则神女庙在焉。"从这则日记看，金毓黻先生实地在巫峡走过一趟，由于无人指点，到底巫山十三峰还是十二峰也都未能搞清楚。郦道元说三峡七百里也就不能看作瑕疵了。在接下来一天的日记中，金毓黻先生对别人给他描述过三峡是如何惊险有些颇不以为然。他记载道："岂所谓百闻不如一见乎。三峡之险，固为世界之奇观，然未能使心惊骨折。"有趣的是金毓黻先生也有点儿强迫症似的算起了距离问题。"宜昌、万县之相去不过五六百里，而告者谓将近千；而夔府之至万县仅半日之程，而说者谓有三百六十里，亦可见其唐虚而失实矣。"

既是此类情况，不足为怪，那么对于李白诗歌中的"朝辞白帝彩云间，千里江陵一日还"中的数字就更无所谓探究其是否确切了。

小城故事多

　　彭山是个小城，人口不过三十几万，面积四百多平方公里。过去是彭山县，后来改为眉山市所辖的一个区。今年秋天，有机会到彭山去看一看，转一转，还真收获不少。

　　写彭山的时候，就感到要写的东西太多了，反倒不知从何说起。翻开有传说以来彭山的历史，不能不先说到长寿始祖——彭祖。晋人干宝的《搜神记》中记载说："彭祖者，殷时大夫也。姓钱名铿，帝颛顼之孙，陆终氏之中子。历夏而至商末，号七百岁。"这里说的七百岁，是说他担任殷朝大夫时，已有七百岁了。在《庄子》中提到养生和长寿问题时，说到过他。屈原在《天问》中也说到过彭祖和尧帝的关系，包括他给尧帝做野鸡汤的事。老百姓说起彭祖的故事，完全是另一种格调。彭祖的寿命八百岁怎么来的呢？说在他十岁的时候，曾遭遇夜叉来索命。夜叉找到彭祖对他说，你阳寿已到，要带他回地府。彭祖拿着面饼给夜叉，求夜叉多给他一些时间。夜叉动了恻隐之心，在彭祖十岁寿命的"十"字上面加上了一撒，"十"就改为了"千"。后来因为彭祖在走路时，不小心脚踩了田地，践踏了麦苗，被罚减两百年，成了八百岁。说到彭祖的离开人间，民间的说法是：彭祖的最后一位妻子一直想知道他长寿的原因，有一次对彭祖撒娇说，我的年龄比你小，但身体还不如你，能不能告诉我长寿的秘诀，我们好一直厮守到长久。彭祖看着自己喜欢的如花似玉的妻子，就对妻子说了实话。他说是阎王爷不小心将我的名字从生死簿上撕了下来，做了纸捻子，所以我才有这样长的寿命。彭祖的事也被阎王爷注意到了，可就是没有找到他的名字。于是，阎王爷就派两个小鬼去查访。小鬼在河边佯装在洗炭，边洗边念叨："洗炭黑，洗炭白，洗白黑炭去卖钱。"刚好彭祖的妻子此时路过于此，出于好奇，就上前搭话说，我相公活了八百多岁了，也没听说过黑黑的木炭能洗白。两个小鬼逮着话茬儿一追问，就弄清楚彭祖长寿的来龙去脉，回去禀报了阎王爷。阎王爷找到那个遗失的纸捻子，把彭祖招了回去。当地人十分惋惜，民间流传的顺口溜说："彭祖活了八百八，不能对妻说实话。"无疑，这些民间故事是在拿彭祖说家长里短。

采风活动的晚上，当地的作家叫上一帮朋友去一家烧烤店吃消夜，肯定要喝上点儿酒才尽兴。肉串烤好端上了桌子，可酒还没有看到。过了一会儿，只见朋友们小心翼翼从一个方盒子里拿出一个造型像葫芦形的酒瓶子，仔细一看原来是八百寿养生白酒。斟到杯子里一看，里面漂着碎金一般的颗粒，不知此为何物。这时主人已举杯相邀，只得疑惑地附和着碰了个杯，小小地抿了一口。主人看出客人的矜持，马上介绍这酒的妙处。说它有抑制血糖、抗衰老、延年益寿之功效。其实我心里更犯嘀咕的是那个碎金状的东西到底是什么？主人介绍说是黄金，我就纳闷黄金怎么可以吃到肚子里呢。后来才弄明白，黄金实际上是黄精，一种不怎么常用的中药材。葛洪《抱朴子》记载说："昔人以本品得坤土之气，获天地之精，故名。"不过是百合科黄精属的多年生草本植物，高可达一米。根茎横生，类似姜块或北方人说的那种姜不辣。酒酣耳热之时，朋友们便都很有学问地高声探讨起彭祖养生术的种种奥妙。

彭山的另一个历史之谜，就埋藏在江口镇岷江日夜不息的河道中。随着近几年"江口沉银"考古的一次次大发现，张献忠在四川成都、彭山一带的活动轨迹增添了有说服力的宝贵实证。说到江口所沉财富之巨，实在是令人难以置信。清杨鸿基所著的《蜀难纪实》载："累亿万，载盈百艘。"这些财富都是张献忠一路打仗，一路抢掠来的。据说张献忠和李自成不同，李自成主要是抢官府的，张献忠是不管官府，还是民间，他都要抢。从今天的角度再去回顾这段历史，会让人唏嘘不已。李自成、张献忠这场农民起义的发生，最直接的原因是大面积的天灾。但根本的因素，还在于人祸。崇祯皇帝曾感慨说："朕非亡国之君，事事皆亡国之象。"这样的说法虽然大有为自己开脱的意味，但也说明当时的确国运不佳。追根溯源，还是得归结到官府怎样对待困境中老百姓的问题上。在农民起义军的策源地陕西，由于连年多种自然灾害，农民开始是没有粮食吃，然后是蓬草、树皮也都吃光了，到后来只能人吃人或吃石头。到了怎么都是个死的绝境时，落草为寇则是为了死之前吃上一顿饱饭。而官府对赈灾这种人命关天的事却是漠不关心，不但没有采取什么有效措施，还要雪上加霜，催逼粮税。有诗描述当时的情形曰："寒不得衣饥不食，还把钱粮日夜催。更有贪官来剐肉，生填沟壑诚可哀。欲得须臾缓我死，不待闯王更待谁？闯王来兮我心悦，闯王不来我心悲。"有的明智的官员不时上奏崇祯皇帝，把这些灾民救济好，就可以瓦解暴动队伍的壮大。崇祯心里也明白，可是就是被贪欲所左右，偌大的朝廷痛下决心才拿出可怜巴巴的十万两帑银，发挥不了什么作用。《绥寇纪略》评价崇祯皇帝时说：他"英明勤俭，不可谓非令主，乃其受病，独在慎惜金钱"。上行下效，贪财之风成为一时顽疾。翻看彭山人编的《江口沉银》资料上记载，崇祯十四年（1641 年）二月，大西军攻克襄阳，获得襄王的珍玩、金银无数。两年后破武昌，活捉楚王朱华奎，在王府中搜出金银数百万两，装了几百辆大车。而在破城前，文武百官一起来到楚王面前，恳请他拿出钱来犒赏守城将士，一毛不拔的楚王连连摇头，结果张献忠攻进城后，将他丢进竹笼活活淹死。张献忠还嘲笑他："有如此赀财而不设守，朱胡子真庸儿！"

站在江口的明末古战场遗址面前，远望缓缓流动的岷江，抚今追昔，后人仿佛是在阅读一部发人深省的历史教科书。活动主办方的朋友，并不愿意让大家过于沉浸到这样一种沉重的氛围中，接下来要带我们去看看今天这里的新变化、新景观。

在蒙蒙细雨中，我们去看了世界上第九座乐高乐园，看了川港合作示范区，看了天府新区规划馆，感觉就像是在时光隧道里穿越一番，真可谓是大手笔。以前走到一些县改区的地方，我总有些困惑，不明白为什么要把县改成区。看到如今的彭山，不仅是由县改为了区，甚至还划出一个镇、一个街道交给天府新区，而天府新区完全是一个打破旧的行政辖区束缚的新型管理机构。这一切翻天覆地的变化，完全是为了给人们带来更加理想的新的生活。

走在锦江镇中法农业科技园的法式小镇的石头路上，看着坐落在路两旁的一座座犹如童话里的房子，和在法国的小镇上散步没什么两样。咖啡馆里散发出来的香气弥漫在空气中，已经有同来的伙伴按捺不住急匆匆推开咖啡馆的门，去品尝现磨的咖啡了。过了一会儿，大家乘上电瓶车，到园区再逛个大圈。车行的中途，忽然听见有人大声惊叹，原来是发现在山坡上有一个被遍地的薰衣草簇拥着的玲珑剔透的教堂。导游介绍说，这就是那座网红打卡的"无影教堂"。尽管有网红的元素介入，就免不了带了点儿世俗气息。但好在我们参观的时候，教堂附近并没有别的游客，非常安静。之所以被称为"无影教堂"，是因为设计者营造的是一种高级感内透光，即使夜景光线也不外溢，通俗地说，就是不产生光影。设计"无影教堂"的作者，显然是受到朗香教堂的设计者勒·柯布西耶的影响。勒·柯布西耶认为："建筑是对阳光下各种体量的精炼的、正确的和卓越的处理。这些体量所表现的形象是明确的、可触摸的，而且是不含糊的。正因为如此，它们才称得上是美丽的形象，最美丽的形象。"无影教堂的承重结构完全是隐藏着的，而且全部空间没有用玻璃封闭，完全是开放的，唯一使用的建筑材料就是节俭环保的铝方通。这座教堂没有内外之间的区隔，既是一个形而上的神圣空间，又与自然的各种景致和谐地融为一体。这座教堂又特别有彼得·卒姆托的神韵，精简做到了极致，并保留了无与伦比的新式哥特风格，让建筑本身以自己的语言抵制浪费，给人们的日常生活带来魔幻和诗意。

当我离开彭山返程时，透过飞机的舷窗看到飘飞而过的洁白的云朵，马上就又想到了那座神奇的"无影教堂"。

福清：融之城

　　福清作为一个县级市，它不仅有一个简称"融"，还有一个雅称"玉融"。宋朝林栗在《福清图经总叙》中记述："福清县治，前对玉融峰，环揖诸山，豪隽秀媚，可喜可愕。"明代嘉靖年间进士王一言的《重建福清邑堂记》中载：县治"则枕鹫峰而案玉融矣"。"盖玉融邑镇名山，有孤峰万仞，形势奇绝之胜。"福清在唐（武后）圣历二年（699 年）置县伊始，县城因面对城南的玉融山而得名，融城即是"玉融城"的简称。

　　走在玉融山公园的栈道上，扶着栏杆，远眺蜿蜒穿城而过的龙江。当地的朋友告诉我们，福清在规划城市发展时充分考虑到要让城市融进山水之间，要与得天独厚的自然环境达到一种和谐的境界。"融"的理念便使城市的每一步延伸和拓展不再是盲目无序的行为。在旧城改造拆迁时，福清的做法也别具一格，他们这里原地拆迁户和新购房的居民完全"融"到一栋楼房里、一个社区里，避免人们产生本地人与外来人的差别感。大家住在一起，其乐融融。其实，这座城市历史上就是由中原移民大批迁徙而来形成的。不同地域的人共同栖居在一个城镇里，人与人之间的包容自然形成了如此淳朴的民风。

穿过一条狭窄的小巷，我们去寻找一个做"光饼"的老店。在外墙有双喜字和花卉浮雕的一座红砖小楼里，做"光饼"的中年妇女正在手法娴熟地包着紫菜光饼。通过厨房的前厅进入后厨，只见烤光饼的一个大火炉里柴火烧得红通通的，从炉旁经过时一股热浪扑面而来。别看这家小店没那么富丽堂皇，可他家店做的"光饼"每天都供不应求，预订稍迟些就买不到了。地方史研究专家郑老师一边带我们参观，一边给我们讲述了有关"光饼"的故事。

嘉靖四十一年（1562年）福建一带倭寇来犯，戚继光率部清剿。为保障士兵行军打仗期间有干粮可吃，戚继光就让人们制作类似他老家山东吃的炊饼，为方便战场上携带，在圆饼中间留一个孔，然后穿成一串，挂在士兵的脖子上。可是天天吃这种干粮，士兵的胃口不断下降，还常常会便秘，士气也随之低落。善于琢磨问题、解决问题的戚继光马上着手对圆饼加以改良。一是和面时除了加盐之外，再加适量的碱，有助消化。然后在圆饼凸起的一面撒上香喷喷的芝麻，改良后的光饼士兵们就喜欢吃了。后来，当地老百姓劳军时又用猪肉、香菇、紫菜作馅，包成更好吃、更有营养的圆饼。烤制的时候，用的柴火是松枝。烤好的光饼吃起来还带有松针的香气。吃上这样伙食的士兵打起仗来精神倍增。后人为纪念此事，将饼以戚继光的"光"字来命名为"光饼"。今天"光饼"已是闻名遐迩的非物质文化遗产了。据说有的远离家乡的老华侨实在想吃"光饼"，就让店家快递到南洋或北美，亦可聊慰乡愁。

说话间好客的主人，用筐箩端上来新鲜出炉的"香菇光饼"送到车上给大家品尝。每个人都吃得津津有味，整个大巴里弥漫的香气许久都没有散去。

在福清城区的西郊有一座因"石奇、竹秀"而得名的石竹山。徐霞客于明泰昌元年（1620 年）曾游览到此山。他在游记中记述："闻宏路驿西十里，有石竹山，岩石最胜，亦为九仙祈梦所，闽有'春游石竹，秋游九鲤'语，虽未合其时，然不可失之交臂也，乘胜遂行……"徐霞客来石竹山时是六月中旬，已不是游此山的最佳时节——春季，但他还是不能错过。徐霞客所言的"九仙祈梦所"，一下子就点出了此山的特色。在石竹山南麓半山腰的悬崖峭壁之上，有一座创建于唐太中元年（847 年）的石竹寺，原名"灵宝观"，北宋宣和三年（1121 年）改为"灵宝道观"。南宋乾道九年（1173 年），当过丞相的史浩贬到福州为节度使时，因其与佛教的一些渊源，将其改为佛寺，故又名"石竹禅寺"。明万历四十四年（1616 年），请辞回乡的"独相"叶向高与举人石映斗又为石竹禅寺募建了观音阁和僧房。此外，石竹山上还有始建于明万历二十九年（1601 年）的文昌阁，早年毁掉。20 世纪 90 年代又移建到桃源洞前，阁中供奉着孔子和朱子的雕像。文昌阁东西两侧分别是道教的"斗姆殿"和"元辰殿"。说来说去，石竹山真可谓是闽南释道儒三教合一的典型场所，也算是福清宗教文化相互交融的一大景观吧。

　　说到中西方文化的融合，恐怕绕不过去福清人叶向高。此人作为明朝的两任宰相，儒学的功底自不必说，他对佛教、道教亦十分精通。当他第一次看到利玛窦带来的《万国图志》便非常惊奇，关注到"凡地之四周皆有国土，中国仅如掌大"。由此引发了叶向高对海外世界了解的浓厚兴趣。1607 年他由礼部尚书兼东阁大学士升任内阁首辅后更是礼遇"西士"，曾在北京私宅两次与利玛窦见面。尤为史家津津乐道的是利玛窦 1610 年在北京病逝后，是叶向高力排众议，说服皇上恩准将其葬在北京车公庄，使之成为"御赐墓葬"的第一个外国人。《大西西泰利先生行迹》一书中对此记载道："时内官言于相国叶文忠曰：'诸远方来宾者，从古皆无赐葬，何独厚于利子？'文忠曰：'从古来宾，其道德学问，有一如利子乎？姑毋论其他，即其所译《几何原本》一书，即宜赐葬地矣。'"实事求是地说，叶向高在对中西文化交流意义的理解和做法上都是具有开拓性的。他既看到了国人陌生的西方文化价值与科技的先进，也意识到通过利玛窦等了解中国文化的西方人士是可以将东方文化传播到西方的。实际上利玛窦不仅在中国传播宗教，带来西方的科学技术，也将代表中国文化的《论语》等经典译成拉丁文，在 17 世纪的西方世界广为传播。利玛窦在进行"西学东渐"的同时，也等于开了"中学西渐"的先河。用叶向高的话说，利玛窦做到了"凡中国经史译写殆尽"。晚年的时候，叶向高又与意大利的另一位著名传教士艾儒略在杭州相识，并与之一同来到福建。1627年，叶向高与曹学佺（曾任广西参政）、艾儒略在福州有一次中西文化碰撞的大论辩——史称“三山论学”。论辩的问题包罗万象，涉及宗教、哲学等中西社会的方方面面。最为可圈可点的是叶向高对西学包容接纳，师其所长，但并不是崇洋媚外，一味迷信。他是站在足够的文化自信的立场上，来主张中西文化的相互借鉴与融合的。有他赠予艾儒略的诗为证：“天地信无垠，小智安足拟。爰有西方人，来自八万里。蹑蹶历穷荒，浮搓过弱水。言慕中华风，深契吾儒理。著书多格言，结交皆名士。俶诡良不矜，熙攘乃所鄙。圣化被九埏，殊方表同轨。拘儒徒管窥，达观自一视。我亦与之游，泠然得深旨。”

当然，正是福清在改革开放之初，曾产生由海外华侨回乡投资所带来面貌巨变的“福清模式”，这种模式被费孝通先生发现，他在《农村·小城镇·区域发展——我的社区研究历程的再回顾》一文中记录：“在靠近福州的福清县，我还看到一种由侨胞投资兴办各种企业，甚至成片开发工业小区的发展方式。这些用现代设备和先进技术建立起来的企业，和国际市场密切相连，奠定了更为宽广的发展前途，为农村经济的发展开出了一条新路。我称之为侨乡模式。”我想，这是福清作为融之城的一大创举吧。

寻找苏州

　　说寻找苏州，不是说真的想让苏州停留在历史的记忆中，这也是绝无可能的事情。苏州肯定是日新月异，一日千里的。谁都知道苏州了不起，富可敌省，甚至敌几省，但若到苏州一看，都是摩天大楼，都是工业园区，那人们也是会觉得很无趣。尽管在富丽堂皇的大楼的缝隙间，你能找到几条老街，几座园子，但这些东西失去了小桥流水的映衬，失去了白云和远山的背景，就像是一个人断了的胳膊腿被遗弃在那里，和长在活蹦乱跳的人身上的东西，生气远不是一回事了。

　　记得几年前在苏州的一个饭局上，陶文瑜说过一句让大家记忆犹新的话，他给苏州的文化定了个位："糜烂"。乍一听，容易被这个说法吓着，其实，文瑜的意思是说苏州的文化何等繁华靡丽，文人中多像张岱那一类，"好精舍，好美婢，好娈童，好鲜衣，好美食，好骏马，好华灯，好烟火，好梨园，好鼓吹，好古董，好花鸟，兼以茶淫橘虐，书蠹诗魔"（张岱《自为墓志铭》）。别害怕，"糜烂"这个词，陆文夫在《美食家》中说到那个会吃的人物朱自治时就用到过。1997年我们曾来苏州参访，陆文夫在当时的老苏州茶酒楼请了一餐，老人家边吃边讲解，让一群习惯狼吞虎咽的东北人稍稍认识了一下苏州菜的食不厌精、脍不厌细。不过，对于我这样不懂美食的人，影影绰绰只记得老人家说到了"蟹粉豆腐"如何如何。

20世纪80年代，到苏州来时，几个名胜肯定都一一看过，但是在人潮涌动中，什么好风景也都是会让人扫兴的。想一想以前到过的名胜中留下点儿感觉的有那么两三次，一次是《北京文学》承办的"三省一市文学刊物笔会"，有一天晚上住在颐和园里，酷热的暑天里，园子里凉风习习，可闻犬吠虫鸣，才知道这园子的妙处。还有一次是夜游周庄，说夜游，实际上不是预先安排的，是时间安排不开了，赶到周庄时已是夜里十二点多了。周庄的一切美好，这时都在细雨后的寂静中还给了小镇，让我们几个夜访者有了偏得。说到园子，真还留下印象的是有一年朱文颖带我们看了画家叶放在十全街的南石皮记，这个园子最大的优点用叶放的话说，是"过日子的地方"。园子的艺术趣味无须我来多言，在这个园子里，总算仍能寻找到今天的中国文人是怎样诗意栖居的。

前些天偶然去了一趟花山，本没有什么期待，却有了意外惊喜。在花山有幸遇到了周菊坤先生，花山的一草一木、一水一石就都重归自然，文人们在这样的山水里才找得到想要的自在。

我有时好胡思乱想，过过电影，苏州的文人味还是不难找到的。叶弥收养了那么多的流浪猫、狗，有一次在宜兴开会，她居然是早上来，晚上还要开车回，否则家里的猫、狗便无人照料。荆歌的收藏和书法快要比他的写作名气大了。戴来喝酒和为人一样真诚，令人感动。包括小海、王尧、丁俭等，仔细品来，每个人身上都是有和苏州这座城市相得益彰的文人气息的。

太平书镇

　　生活在东北的人，对"镇"的理解通常会先想到它的军事意义，东北的工商业发展起来较晚且发展速度缓慢，商贾云集的小镇有史以来也不常见。一般说来，叫作"镇"的地方，既不够热闹，也谈不上什么文化啦、历史啦，甚至连自然环境也乏善可陈。南方则不同，所谓的镇，大多是小桥流水，再加上一片繁荣富庶景象。

　　太平书镇是苏州市相城区正在规划建设的一个特色小镇，准确地说应该叫太平街道，名称几经变更，但还是叫为小镇，感觉多了不少味道。

　　太平小镇坐落在阳澄湖畔，历史上有荻溪、荻川两水在此汇合，曾得名荻扁。荻溪、荻川是指有水有荻，荻扁中的"扁"字为何意，还真有些费斟酌。若指的李白"人生在世不称意，明朝散发弄扁舟"中的"扁舟"之意，似乎不大对劲。"扁"字也是个通假字，"扁"通"徧"，《庄子·知北游》："物已死生方圆，莫知其根也，扁然而万物自古已固存。"成玄英疏:"扁然,徧生之貌也。"把"荻扁"理解为"这里荻草遍地都是"或者"荻草遍地生长的地方",好像差不多,当然这只是我的臆断。不管怎么说,这个小镇与一种叫作"荻"的植物是有千丝万缕的联系的。这种"荻",就是"浔阳江头夜送客,枫叶荻花秋瑟瑟"诗句中说到的"荻",因为长得和芦苇有些像,常常会被误认作芦苇。据说明代编过大百科全书《永乐大典》的解缙那个著名的"墙上芦苇头重脚轻根底浅,山间芦笋嘴尖皮厚腹中空"对联中,也是把"荻"错认为芦苇了。芦苇是水生植物,不耐旱,不大可能长在墙上,而"荻"则是水陆两生的植物,既能在水边生长,也在旱地和山岗上看得到,论谱系,它和高粱是一个大家族里的。这个"荻"命不高贵,易生易长,到处可见,用途广泛。有意思的是连成语中都有"然荻读书"和"画荻教子"之类的典故。"然荻读书"出自北齐颜之推的《颜氏家训·勉学》,说梁代徐州一带有个刘绮的人早年失亲,家境贫寒,买不起灯烛,读书时就把荻草折成一段一段点着照明("然"通"燃")。后来此人也奋斗成了朝廷里的大官。而"画荻教子"讲的是欧阳修的故事,说欧阳修四岁丧父,家境困难,该上学时上不起学,母亲就用荻草当笔在地上比画教他写字。该读书时没有课本,只好到邻居家借来要读的书,废寝忘食地抄写,然后还给人家。后来就成长为大名鼎鼎的我们都知道的欧阳修了。显然,这两个典故都可视为传统的励志故事,巧的是两个典故的道具用的都是荻草,足见"荻"这东西平凡易得,却还能成就大人物"出道"。

说起历史上的大人物，太平镇上当属王皋了。据范成大的《子高公传》（王皋，字子高）记载，王皋是个了不起的人。他一生中做过几件大事，一是金人要扶持傀儡皇帝张邦昌时，他在金人面前公开反对。当听说康王赵构在外起兵后，极力拥护康王上位，护佐太后与高宗完成危机中的政权交接。二是朝廷发生要推翻宋高宗的政变时，王皋及时与在外有兵权的将领沟通，请他们回朝镇压了兵变，还权力于高宗。三是当高宗定都临安后，与议和派一致主张与大金妥协时，王皋辞官来到获扁过隐居生活。从那个时候开始，太平镇也就有了王巷村的称谓，图吉利按谐音也叫旺巷村。按说王皋这样一个大人物，《宋史》上应该找得到痕迹，可是这史书上愣是没有记载。范成大是南宋中兴四大才子，又当过朝廷的史官，也住在王皋隐居的获扁不远的石湖，他写的王皋传当是可信的。针对这种奇怪的事，范成大也感叹，靖康、建炎年间像王皋这样的人物应该进列传的，怎么能没人提呢。究其原因可能是王皋为主战派，性格耿直，不大合群。范成大赞扬他是属于远离世俗而不感到寂寞、有功劳而不自我夸耀的人。这里又绕不过去的是历史书中的记载与真实的关系，孟老夫子早就教导我们不能死读书、读死书，"尽信书，则不如无书"。

　　其实各个地方的地名里就包含着说不尽的文化地理，太平镇最早的命名是与先人逐水而居有关，与有多种实用功能的获草有关。之后叫作王巷村，这是与历史人物王皋的王氏家族有关，同时由"王"的谐音叫作旺巷村，这是寄托生活理想的命名，现在叫作太平书镇，则是希冀在一个没有战乱和饥荒侵扰的环境下，让人们安逸幸福地都拥有一张适合自己的"书桌"。

如今的太平书镇正在一个宏大数字创意的构想中扮演着重要角色，走在长着青苔的石板路上，徜徉在修旧如旧的荻溪老粮仓里，你看到的、感到的都是数字创意领域里最前沿的成果展示和历史文化的再度开发利用，古香古色的小镇一夜间化蛹为蝶，成为令人瞩目的，也令人羡慕的历史和现代、自然和文化、生活和创造融为一体的充满活力和生机的江南水乡。

梦古寨孩子的歌声

金城江既是一段江的名称，也是一座城的名称，江因地得名，地因江而声名远播。作为江的金城江，是珠江水系西江支流柳江的最大支流龙江的一个河段，也就是说，金城江指的是在河池境内流经六圩、金城江镇（后称为街道）、东江、三江口的这个龙江中游河段。它的上游是漳江、打狗河，下游待环江汇入后则始称龙江。龙江发源于贵州省三都县的月亮山西南麓。江河的命名似乎都是这种规律，上游多小名，中下游才是大名，东北的松花江也是这样，从长白山天池发源地到嫩江汇入前称作第二松花江，嫩江汇入后才是正宗的松花江——第一松花江。而作为地，也就是城的金城江，早年是个镇，它被视为河池的别名，曾一直是原来的河池专区、河池地区的中心城区，也是后来的地级河池市迁移到宜州区之前的中心城区。之所以河池的别名为金城江，或许是人们为了把新河池与老河池县的治所区别开来吧。

在金城江采风的第二天，我们来到了龙江上游打狗河的姆洛甲女神峡，打狗河是个很容易让人望文生义的称谓，实际上这名字和字面的含义并没有关系，只不过是壮语的音译，意思是弯弯曲曲的河。说到姆洛甲，她是壮族人崇拜的创世女神，天地万物，高山平原，江河湖海，包括人类都是她所创造。当然，在当地人看来，这个峡谷的神奇秀美若不是出自姆洛甲女神之手是不可能出现在我们面前的。

姆洛甲女神峡由三个峡谷组成，分别是天门峡、凉风峡和龙门峡。从码头乘船溯江而上，两岸的山峰被翠绿的植被覆盖，静静的河水如美玉一般的色彩。转过一两个河湾，天门峡的两座山峰在人的视觉上逐渐合拢，江上所见完全是梦幻般的景色，尘世的喧嚣已被抛离到九霄云外。起初，只不过是眼不见，心不烦，那些柴米油盐酱醋茶也没那么容易就被删除。大多时候，人是身在山水中，心仍被世俗的烦恼缠绕着。可渐渐地还是会被那世外桃源般的情景所感染，即便不吟诵诗句，其心境也已是有些许的诗意涌动。谢灵运的"山水含清晖，清晖能娱人"说的就是大自然能够疗救人的心情，让人至少是暂时忘却那些功利欲求带给人的纠结，回到原初，回到朴素的自我。这时导游兴致勃勃地告诉游人，两岸的岩壁这里是雄狮盼日，那里是金龟探月，这里是美女出浴，那里是玉兔下凡。这样的讲解，多少有些煞风景。不知从什么时候开始，风景名胜的介绍被带上了一条"歪曲"之路，好端端的山光水色干吗非要像这个像那个呢，观赏的人心静下来就是最好的享受，"山光悦鸟性，潭影空人心"就该是最高境界了。两岸的山峰之所以能让人"相看两不厌",是因为它代表典型的喀斯特地貌。我想与其介绍哪个岩壁像什么,还不如介绍介绍这种地貌形成之类的地质学知识。尽管今天大家获取知识的途径都非常便捷,但在景观的现场,讲解效果会完全不同。

游船继续前行,进入桫椤谷,看得见珍稀的蕨类植物桫椤。桫椤生长缓慢,据说是一亿八千万年前侏罗纪恐龙喜欢吃的食物。走着走着,两岸的山峰渐次退去,江水冲击形成的平原豁然出现在眼前。江边一丛丛婀娜多姿的凤尾竹在微风中轻轻摇曳,让人想起《月光下的凤尾竹》的美妙旋律。

竹林掩映中,一个村寨若隐若现。游船掉过头来,慢慢向这个村寨的码头靠过去。这时候村寨的门楼上"梦古寨"三个拙朴的大字已清晰可见。就在我暗自琢磨这寨子名字的意思时,一阵略带稚气的歌声从寨子门口传来。还没等船停稳,我就有些迫不及待,想看看这么好听的歌是什么人唱出来的。沿台阶走上去,只见三个穿着壮族服装的孩子正在唱着《迎宾歌》,大意是:"昨夜我家灯花开,喜迎贵客远方来,山欢水笑齐问候,贵客路来是船来,船来坏了几双桨,路来坏了几双鞋。"这首迎宾歌和其他地方的壮族迎宾歌还是有些不同,不空泛。尤其是后两句:船来坏了几双桨,路来坏了几双鞋,有客人到来的细节描述,让人感受到不论是从水路还是从旱路来都是路途遥远而充满艰辛,这样未经文人雕琢过的歌词有朴实的味道。三个唱歌的孩子按大小个头排成纵列,一个八九岁的小男孩儿谭梦坛站在最前面,身后是大一点儿的两个女孩儿,一个叫谭安琪，一个叫罗雅馨。他们唱歌时的表情十分投入，一字一句都不含糊，绝不是敷衍了事。让人感到自己真的是寨子里的尊贵客人，或者说是他们远方的亲人。这么多年到过的类似村寨也不少，游人去得多的地方，一些特色节目一看就不是原生态，那种表演也属于应付了事。梦古寨看到的三个孩子的演唱让人感受到了真挚和淳朴。

梦古寨村支书谭永亮，曾在部队服役四年，1994 年开始担任村干部，前些年他和自愿入股的一百来户村民借助天时地利，兴办起了具有壮族特色的农家乐旅游，每年差不多都有十万元的收入。这些收入若在富裕地区可能不算什么，可在广西河池老区的大山里还是可观的数目。在和他的攀谈中了解了梦古寨的含义是"你我的寨子"，也就是我们共同的家园的意思。"梦古"是壮语"你我"的音译。说到这里，谭永亮压低声音向我透露了一个小秘密。他的女儿叫谭梦梦，现在广西大学读英语专业的研究生。梦古寨的"梦"也是取自他天天想念的女儿的名字。仔细一想，这寨子的名称还挺贴切，也体现出主人的美好愿望。说话间，主人端出了一盘盘特别的食物来招待我们。有刚刚摘下来的枇杷果、桑葚，有五彩糯米饭，还有紫红色的米肠，摆了满满一桌子。酒自然也可以有，当地人自家酿的桑葚酒，又红又稠，喝上一口，香甜醇厚，沁人心脾。同行人中渊博者三杯酒喝过，便开始推介桑葚酒的健身强体功用，说得颇有几分神奇。竟有人觉得不过瘾，悄悄地用矿泉水瓶装满桑葚酒，准备带回去晚上再次享用。

美好的时光总是短暂的，不知不觉离开的时间到了。我们依次登上游船，要返回城里了。船依依不舍地启动，缓缓行进。这时孩子们的歌声又一次嘹亮起来。这次唱的是壮族的《送客歌》，歌中唱道："送客走哎，送客走呀，送客走哎呀，山缠水绕雾悠悠，山缠水绕云悠悠，今日亲人平安去呀，来年盼您再回头呀，来年盼您再回头。"仔细听上去，孩子们的嗓子略有点儿嘶哑，可见他们唱歌的时候是绝不掺假的。我想人的旅途中寻找的是什么？不就是这种稀缺的淳朴的东西嘛，不管它隐藏在什么地方，也许这就是人们喜欢到人迹罕至的地方的原因吧。

秦岭小记

　　提起陕西，头脑里浮出的画面先是一张罗中立的《父亲》的那个老汉著名的脸，然后就是沟沟壑壑的黄土高原，即便和水联系起来，也是泛着黄土的黄河九曲十八弯，怎么也不会想到有什么绿色，更不用说郁郁葱葱之类了。但这次去陕西却使我受到了不小的震撼。

　　起初本来只是到西安开会，并没有别的安排，可是一个宏大规模的盛会，好像就容易有溜号的念头产生。于是就怂恿几个朋友，撺掇好车马，趁人不大注意之机，直奔秦岭而去。当然任何看似偶然的行动，其实都可能有些预先的蛛丝马迹可寻。在很长一段时间里，我总是觉得我对陕西的印象有偏颇，每每一想到这儿就会跳出"秦岭"两个字，说是让我魂牵梦萦有点儿夸张，但想有机会去认识它的真面目还是琢磨过多时的。我们这代在"文革"中读完中小学的人，大多地理知识很是欠缺，况且谁也到不了想起个什么事就去查查资料的地步，所以就宁可让有些常识性的无知难堪地摆在那儿，反正虱子多了不咬人，管他呢。

车子开出西安没有多远，就看到了很陡峭的山，看到了很茂密的树，空气也清爽起来。不过视野不时地被一个个长长的隧道阻断，在由满眼葱绿瞬间向一片昏暗的转换中，让人霎时体会到当年喝令三山五岳开道的大不易。

到了宁陕县界，地主们已按礼遇规格正等候着，宾主寒暄过后，便开车前行。没多一会儿就到了宁陕第一大河——汶水河的漂流处，或许几个宾客以前都有过漂流史，感受过刺激和狼狈，都甘愿当看客，没有一个张罗下水的。即便不下水，站在清澈的河水边上，呼吸新鲜的空气，也是让人心情放松的。主人见此情况，便安排先吃午饭。吃饭的地点就在一个叫作筒车湾的小镇上，说是一个小镇，那也是真够袖珍的，镇子的规模一眼全收，几十座房子包括政府机关、商业店铺、学校和百姓民居就建在一条狭窄的中心街道两侧。我以为这不是全部，还另有他处，便好奇地向主人询问，主人告诉我们宁陕的全县人口才不到八万，一个镇也就是几千人。这样的人口数量就是和地广人稀的东北比那也显得少多了，我们那里一个县动辄几十万人哪。进了饭店一看，是一家民营小店，房间里摆好了桌子，可大家看见后院露天还可以吃饭，就嚷着要在外面吃。主人只好又重做一通安排。饭店小是小，看上去非常干净，菜的味道也很好。除了由当地人用来招待贵客的腊瘦肉之外，还有令大家好奇的神仙豆腐。据主人说这种豆腐是采山上一种野生的神仙树的叶子加工制作而成，故称神仙豆腐。可何谓神仙树呢？查了一下资料，湖北和陕西交界的竹溪县有个叫甘启良的人，他编了中国第一部县级植物志，其中记载："神仙树的学名叫双翅六道木，是忍冬科六道木属的灌木，多生长在海拔两千米以下的山坡、路边、沟边杂林中或灌木林中。叶可制神仙豆腐，供食用。"

酒足饭饱之后，吃过神仙豆腐的各位都有了点儿神仙附体的感觉，混乱的交谈之中行程也作了变更，原计划当天返回西安，说话间就改成了要在秦岭住一夜，也不管主人麻不麻烦，方不方便。漂流大家都放弃了，下午决定先去看世界珍禽、国宝鸟——朱鹮。宁陕城关镇的寨沟村就是朱鹮的异地野化放飞基地，这个项目是中日合作的，2007年放飞了二十六只朱鹮，放飞后飞回基地六只、死去五只、失踪三只、成功在野外存活十二只。据跟踪监测，还有一对孵化出三只雏鸟。可见宁陕寨沟村一带的生态环境还是适合朱鹮生存的。经过一段曲曲弯弯的山路，我们到达了朱鹮的放飞基地。朱鹮们被分成不同的群体，有正准备放飞的，那个大围笼里有一个小池塘，是模拟的水稻田，里面放着泥鳅鱼。几只朱鹮在水塘里觅食，也有的在树干上的窝里孵鸟。还有几只在闲聊，不过嗓门挺高，它们知道人听见也是白听，人也不懂鹮语。大声说出来的秘密仍是秘密。在山坡最高处，有一群是青年"男女"，它们更显得无忧无虑，有几对正在热恋中，互相梳理着羽毛，做耳鬓厮磨状。我们在地上拾到了几根朱鹮的羽毛，权当作是此行的一大收获。

下一站计划是到一个茶场看茶园，喝喝茶，结果在路上车子爆了胎，车上又未带换胎的工具，只好派另一辆车下山找工具。我们就下了车，在一户人家门前歇息。这里的民居都是白墙黑瓦，配上四周的绿树和农田，非常协调。这户人家只有女主人在家，看到我们的情况，女主人啥话没说，就去灶台生火，给我们烧水。有一只寂寞的小狗，见家门口忽然热闹起来，甚是兴奋，在客人面前跑来跑去，嗅嗅这个，闻闻那个。它的一只耳朵还有未彻底愈合的伤痕，主人说是它吃奶时可能是咬了妈妈的乳头，被妈妈咬了一口所致。不一会儿，水烧好了，令人惊奇的是，在这小山沟里的人家，居然是用一次性的水杯给我们倒的茶水。喝上一口，真是滋润啊。

中国的乡村我也到过不少地方，但像宁陕这样清爽干净的我是第一次见到，而且不是给谁做样子，是实实在在的干净，是平平常常的生活，是日复一日的习惯。因为这一点，我就十分喜欢宁陕。

茶园来不及看了，晚饭安排在老城村的一家饭店。饭店就在路边，对面有一段黑黢黢的土墙，有一处还有一个豁洞。穿过豁洞，有一条长安河缓缓流过。主人介绍说，这里是老县城的旧址，说起来早在清乾隆四十八年（1783年），这里就是厅署衙门的所在地。饭店的院子里有一张乒乓球台，台子是用水泥做的，球网是用铁丝焊的。多日未打球，有些手痒，于是找来拍子，打了一会儿。在这样的球台上打球，特别像小时候在学校里的简易球台上打球，时光仿佛又回到了从前。说是在饭店吃饭，但感觉上是在亲属家里一样。坐到饭桌前，一道道色香味俱佳的菜肴渐次上来，那品位就是在五星级宾馆里你也甭想找到。酒酣耳热之际，宾主开始说起了各种段子。一个个就胡编乱造起来，不一会儿整个饭桌上就都语无伦次了。我借去卫生间的机会，在院子里躲会儿酒，几个孩子在院子里玩老鹰捉小鸡，我也加入了他们的行列，竟玩得满头大汗。

夜里主人安排我们住在皇冠镇，镇子很小，但宾馆却很气派。主人说这个镇上还不止一家这样高档的宾馆呢。第二天吃过早饭，本是要去登山观景，可看天气是要下大雨。我们又夕令朝改，登车打道回府了。

猜 想 高 粱

是高粱的诱惑吗？泸州以高粱红了的名义发来了邀请。心底明白这更有点儿像是酒的诱惑，因为我还没到酒城去过呢。高粱怎么变成了酒，这是一件我好奇的事情。

维特根斯坦曾告诫我们："并非神秘如世界，而是世界即神秘。"如果你不是一个狂妄无知的人，你一定会老老实实地承认，自然界的神奇和奥秘，我们人类到今天所能知晓的仍然是少得可怜。

就说这每个人都似乎熟悉得不能再熟悉的普普通通的红高粱吧，谁能说清楚，它到底是中国本土的古老植物，还是从非洲传播过来的入侵者呢？谁又能说清楚，若是从非洲传过来的，它的传播路线是中亚的粟特人经丝绸之路带到中国的，还是先到了印度然后又进入中国的呢？还有，是在什么时间到来的呢？秦汉、魏晋，还是更晚些？这样的问号其实我们是无法明确回答出来的，每一个问题考古学家或植物学家穷其一生也不一定研究明白。

站在泸州老窖的石寨小镇有机高粱基地前，我们会为总是自作聪明的人感到惭愧，只能像这些高粱一样诚实地低下头颅。如果不是从检索中获得点儿关于高粱的常识，可能对它的了解就更皮毛。当然，像和我年龄相仿的人都有过与高粱打交道的历史。小时候，我们在高粱地里打过乌米，也曾把高粱当作甘蔗一样的"甜杆"来吃。20世纪六七十年代，东北人的主要粮食就是高粱，也和玉米等一并叫作粗粮。那些年，我的胃被粗粝的高粱米饭折磨得长犯毛病。下乡在农场时，食堂做饭的好心大嫂，特意为我把高粱米磨成面粉，然后蒸成高粱米面的馒头，才使我能吃下去不再遭罪。

　　据考证，高粱原产于非洲，驯化种植的历史大约有一万两千年。高粱的种类从古至今，人们一直分不明白。对这个禾本科高粱属一年生植物，按颜色和品质分有红粒、黄粒、白粒；按产地分有中国高粱、印度高粱、南非高粱、西非高粱、中非高粱、北非高粱等七八种；按成熟期分有晚熟、中熟和早熟三个品种。也有人依据用途把高粱界定为四类：粒用高粱、糖用高粱、帚用高粱和饲用高粱。说了这么半天，还没说到眼前的高粱，因为在粒用高粱中还分为粳高粱和糯高粱。泸州老窖高粱基地的技术人员告诉我们，我们看到的就是糯红高粱。

　　有学者研究过到底"文化"是什么呢？说这个词来源于拉丁文，原初的意思是种植、培育，也就是说文化首先意味着农作。农作的首要工作是对土壤的照料，根本是按土壤的本性提升土壤的品质。这位学者的观点很耐人寻味，他认为文化的引申义是"按心灵的本性培育心灵，照料并提升心灵的天然禀赋"。由此纠正当下人们依赖工业文明而产生的对农业的排斥，进一步说明工业文明并不具有文化要素。借此衡量，我多少有些明白泸州老窖集团的企业文化深厚的底蕴在哪里了。他们从照料种植糯红高粱的土壤开始，拒绝了化肥和农药，然后他们在承接传统的基础上细心来按照糯红高粱的心灵本性来照料和提升它的禀赋。

说到植物的心灵这个话题，人们还真得好好反思。我们的生态意识从人类中心主义的误区里走出来以后，刚刚懂了点儿动物世界的事，对植物的智慧我们还不怎么认识。在苏门答腊岛上有一种奇特的植物叫泰坦魔芋，它的花龄可长达一百五十年，隔几年开一次花。它是雌雄同体，但为了避免自授粉，雌花和雄花并不同时开放。最为奇特的是在开花的时候，它会释放出诱惑甲虫们的巨大气味。待甲虫来访时，为了保证传粉效果，它会使甲虫在它的花房里留宿。进到花蕊中的甲虫想沿着长长的花房墙壁爬上来是不可能的，它已让这个墙壁变得十分光滑。待第二天早上，确认甲虫身上已沾满足够的花粉后，它又让这个花房的墙壁变得粗糙了，甲虫可以轻易攀爬上去顺利离开，给它完成授粉的使命。在马来西亚的热带雨林里，有两种寄生在贫瘠环境中的茜草科蚁巢玉属植物，它们先给蚂蚁准备好舒适的"住房"，然后依赖蚂蚁搬来的食物剩余生成的菌类以及蚂蚁的排泄物为养分来生存。这种动植物间的共生互利关系真是匪夷所思。

泸州老窖人一点儿一点儿去发现糯红高粱的初心，他们已经认识到这种糯红高粱的较低的脂肪含量和一定的单宁含量以及两者的最佳比例关系，都是为由植物涅槃成酒这种仙物准备的最佳条件。糯红高粱知道自己虽然是被人类驯化多年的物种，但若要一代一代繁衍生息，就必须建立自己的优势，让人明白自己的独一无二的价值。泸州老窖人和糯红高粱一拍即合，这也算得上是植物与人合作的典范。

　　前人在总结泸州老窖酒的成因时，讲到四大要素：曲是酒之骨，粮是酒之肉，水是酒之血，窖是酒之魂。且不论这几个比喻是否贴切，但这四种要素的确关涉泸州老窖的品质。曲，我理解通俗点儿解释大概就相当于家里发面用到的"面引子"吧。不过能第一个发现并使用曲子的郭怀玉，那真是不简单。公元 1324 年，郭怀玉发明了"甘醇曲"，由此中国诞生了大曲酒。他也被后世称之为"中国大曲酒之祖"和"制曲之父"，他也可谓是泸州大曲已传承了二十三代谱系中的第一代开山鼻祖。用什么水来制酒，无疑相当重要，也有位作家说"水是酒之魂"。不管水是酒之血也好，水是酒之魂也罢，反正水不好不可能酿出好酒来，这个道理颠扑不破。泸州处在酿酒黄金地带的龙脉上，水资源太多了，有长江、沱江、赤水河、永宁河等大大小小七十六条河流分布在其境内。诗云："酒城酒脉知何处，风水宝地凤凰山。"泸州老窖的国窖 1573 用的水就是位于凤凰山下的龙泉井水，它是由地下水和泉水汇合而成的清洌微甘的上乘之水。接下来再看窖，千年老窖万年糟，酒好全凭窖龄老。清代著名诗人、书画家、被称为性灵派三大家之一的张问陶，在乾隆年间船过泸州后，写有"暂贮冰盘开窖酒，衔杯清绝故乡天"的诗句，可见那时的老窖酒就是名声显赫了。泸州老窖的酒好，除了有粮、曲、水、窖这"四大家族"外，还有一个秘密那就是"洞藏"。糯红高粱的生命旅程从一粒种子开始，经历过与曲的交合、与水的融汇、与窖的蜕变重生之后，还要再来一番安安静静地洞中修行。泸州老窖有三大天然藏酒洞——纯阳洞、醉翁洞、龙泉洞，这次活动我们有幸参观了纯阳洞。大家小心翼翼地走在湿滑的洞内小道上，道两边排列着硕大的盛酒的圆形陶坛，陶坛的外壁已被黏附着的微生物所覆盖。显然，糯红高粱在洞中的修行，等于是吸纳日月精华，吞吐山川造化，积累自己的醇香和优雅。

成为酒并不是糯红高粱生命旅程的结束，应该说这才是它与人的心灵世界深层对话的开始。并不怎么喜欢酒的蒙田也意识到酒的作用不能低估，他把狄奥尼修斯看作是一位好心的神，说它"给青年人带来快乐，给老年人恢复青春"；"酒可以调节心灵，增强体质"。更为重要的是，酒可以使人摆脱常情，产生飞翔感。柏拉图说，沉着的人敲不开诗歌的大门。亚里士多德又说，哪一颗高尚的灵魂不带点儿疯狂。我们的诗仙说得更透彻，"人生得意须尽欢，莫使金樽空对月"，"古来圣贤皆寂寞，惟有饮者留其名"。在听到这些对酒唱的赞歌的同时，我们也别忘了，老托尔斯泰虽然自己不能戒掉一些习惯，但他总是劝诫人们别因为酒窒息了良心的声音。在梁实秋的《雅舍札记》里看到一则趣闻，有人在世时好喝酒，离世后没条件喝创造条件也要喝。说吴国有个叫郑泉的酒徒，临要驾鹤西游时嘱咐身边的好友，一定把他埋在烧陶的窑旁，待化成土后，还有机会被作为陶土取出，烧成酒壶。这样就又有机会有酒入腹来伴了。郑泉的想法看似可笑，实则隐含着一个生命循环轮回的道理。

猜想糯红高粱是善良而又智慧的植物，它一直是在以它深藏着的生命秘密来唤醒人的心灵秘密。

人拿糯红高粱这种植物不造酒行吗？

三 到 宜 昌

    1998 年正值《作家》《钟山》《大家》《山花》和《作家报》共同主办的"联网四重奏"活动的第四个年头,与此同时"联网四重奏年会"也要举办第四届。按上一届会议的协商决定,这一届执行主席是《作家报》。《作家报》的总编魏绪玉为此事愁得够呛,报社由于经济困难都已经濒临关门,哪还有钱办年会啊。山东人倔强,有苦自己咽到肚子里。老魏也不多言语,不久就给我们发来了年会通知,信守了承诺。不过有些变化的是,会议地点不是在山东,而是在湖北宜昌。主办方加上了《宜昌日报》,会议的主题是"新生代作家与新世纪文学研讨会",副题是"第四届联网四重奏年会"。特别诱惑大家的说法是开会的同时,可以请大家看看蓄水前的三峡和小三峡。于是一干人马如期来到了宜昌。此前我对宜昌还有一点儿印象,就是余华向我推荐过一个叫吕志清的作家住在宜昌,记忆中阴错阳差也没能帮上什么忙,到宜昌与这个兄弟见上面时,颇有些愧疚。好像这次会老魏还请了陈思和夫妇,还有李敬泽、邱华栋等。能记得有敬泽，是因为当时在长江三峡的游船上留下了一张照片，《钟山》的傅晓红、敬泽和我等四个人坐在船头，每人身披一张红花毯子，回头冲着摄影者一笑。暑天大热的八月，却让人感觉夜晚的江上不仅凉爽，而且还需要保暖呢。记得有华栋是回程的陆路途中打尖的时候，吃的是当地土菜。华栋在湖北武汉大学读书，自然对风土人情熟悉，边吃边给我们普及一些美食知识。留下印象的是说到粉蒸肉，从怎么制作到品尝的要领都讲得头头是道。

第二次到宜昌是 2017 年第五届中国诗歌节，我到达的时间较晚，开幕式的晚会错过了。只参加了第二天上午的诗歌论坛，《诗刊》给我安排了大会发言。下午我们又到被余光中称作"蓝墨水的上上游"的秭归屈原祠前举办了一场诗歌朗诵会。午后三四点钟，尽管活动地点是在三峡库区的江畔，太阳还是很大，细心的工作人员给我们每人发了一顶草帽，以便遮阳。朗诵会结束后，大家参观了屈原祠。参观的尾声屈原祠的管理者拿出一个大红签名册，请各位诗人留言签名。好几个我熟悉的诗人好像对在屈原这样的诗祖跟前留点儿什么字迹略有胆怯，就悄悄地溜到江边去佯装看风景。夜里，荣荣、张执浩、刘波等一帮诗人又去消夜，喝了点儿当地的土酒。酒桌上打趣的话题是重新排排大家的辈分，一不留神我竟被排成了某诗人的"大姑父"了。当然，这么论也不是占人家的便宜，这位诗人恰与我的孩子同龄。

2022 年 9 月《人民文学》杂志社组织了"名家名刊看宜

昌"活动，有幸约我参加。我们的采风活动第一站就是去看三峡工程博物馆，这个馆是今年8月刚刚开馆，是世界上最大的水电工程博物馆。想了解三峡大坝的各方面情况，都可以在这里找到踪迹。三峡如此宏大的工程，涉及工程设计论证、船舶通行、库区移民、文物保护等诸多疑难问题，在这里都看到了解决的方案和办法。在不太惹人注意的一个橱窗里，我看到了两株植物的标本。一株是荷叶铁线蕨，另一株是疏花水柏枝。这两种植物都是列入《中国植物红皮书》的濒危野生高等植物，它们都生长在海拔一百七十五米以下，库区一蓄水就把它们的栖息地淹没了。为保护它们植物学家采取的方式有三种：一是就地移栽到高于海拔一百七十五米以上的水岸边，二是移栽到三峡植物园，三是永久性保留好植物的种子。今年3月三峡集团生态工程中心珍稀植物研究所就曾一次性在宜昌城区江段的胭脂坝上种植了三千株人工繁育成功的疏花水柏枝。回归大地是完整性的，并不是种上为止，必须保证植物能够自然繁衍生息才行。资料介绍，三峡珍稀植物研究所在二十年间已保护三峡地区珍稀植物一千三百多种两万余株。

9月4日上午在宜昌城区的最后一个行程是到夷陵区太平溪镇的许家冲，这里已是著名景点。许家冲是三峡移民搬迁最早建成的村落。以前当地的居民洗衣服就在江边，三峡大坝蓄水后，村里专门在村委会院子里修建了一个便民洗衣池。阿婆们可以到这里来洗衣，用的是无磷洗衣粉，污水先排入处理池，经过处理后再排入江中。洗衣池里的水很清澈，四五个阿婆在那里边洗衣服，边聊家常。采风团里的叶梅大姐出生于湖北巴东，看到这一场景勾起了她的思乡情，忍不住从阿婆手里抢过洗衣槌，不顾自身的长裙已被水沾湿，坐在小凳子上，有模有样地洗上了一番。叶梅大姐在捣衣时溅起的水花引来一阵阵笑声。

到宜昌再短的时间也不能略过的地方肯定是秭归，因为秭归是屈原的故乡。到秭归的第一站是参观屈姑公司，屈姑者，屈原的妹妹是也。解说员的说法是，屈原有个妹妹，叫屈幺姑，在哥哥被放逐期间经常站在山头呼唤"哥哥，回来呀"，得知屈原在汨罗投江而死的消息后，痛不欲生，追随哥哥跳崖而去。显然这个说法是属于民间传说。为屈原的家里可考证的都有什么人，历代学者都做过仔细研究。比较公认的说法是除了父亲之外，屈原确还有一个姐姐。《离骚》中说："女嬃之婵媛兮，申申其詈予。"陆侃如在他的《屈原评传》中，把《离骚》界定为是自叙体长诗，里面说到的父亲与姐姐都可视为真实的记载。陆侃如认为透过《离骚》可知屈原的姐姐在屈原人生理想的确立和实现的过程中，都对他给予了指导和劝说，是对屈原有影响的家人。不知道为什么屈姑公司里讲到的屈姑不以其姐姐为原型呢。

走进屈姑坊的柑橘体验馆，真是令人大开眼界。大堂中有一幅《橘颂》的书法作品，在人们欣赏书法家的技法之时，已有奇妙的酒香飘然而至。来到第一个展厅，屈姑坊以柑橘为原料酿制的数十款酒可谓是琳琅满目。在这里孤陋寡闻的我等第一次知道柑橘还能造出这么多种酒来。有类似葡萄酒的干白、干红还好理解，居然还可以有各种度数的柑橘白酒，最高度数可与衡水老白干媲美。更让人称奇的是，就在今年五月，秭归还举办了一场以脐橙皮制作的精酿啤酒为主题的啤酒文化节。屈姑坊里能看到的食品种类完全超出你的想象，橙酒之外，有橙醋、橙糖、橙茶、橙粽、橙酱、橙饼……总之，他们对待脐橙的口号是"从花到果，从皮到渣，吃干榨净，零废弃"。说话间，工作人员给每位参观者递上了一杯橙茶和一小块橙子月饼让大家品尝，大家纷纷称赞。

　　流连忘返之际，主人提醒我们得赶到屈原祠去了。于是，大家才匆匆陆续上车。屈原祠的主要节目是要完成一个祭拜仪式。鼓乐声响起，司仪焚香祭酒，然后吟诵祭文："时维壬寅，节届中秋。长江之滨，三峡坝上。宜昌秭归，屈原故乡。炎黄后裔，共服华裳。恭祭屈子，泪洒峡江。屈氏灵均，脉承高阳。天资聪颖，志廉行方。内政外交，展其所长……"现在的祭拜与以往有所不同，过去的方式是地方官抬着整猪、整羊的祭品或屈氏家族后人拿着猪头、羊腿做十碗大菜来祭拜。今天在屈原祠的祭拜更加强调精神内容，则是要向屈原敬献花篮和兰草。在屈原的心目中，兰花代表着高洁和美德，仅在《离骚》中就有七八处写到兰花，为人们最熟知大概是"朝饮木兰之坠露兮，夕餐秋菊之落英"吧。果然，当则臣率队在屈原像前祭拜敬献花篮和兰草时，气氛特别肃穆庄严。

　　晚餐的用餐地点选在屈原家宴，这也体现出秭归人想让客人们对因屈原所构成的各种文化元素多了解一些的意图。鲁迅在《汉文学史纲要》中谈到《离骚》与《诗经》两者的差异时，说过："时与俗异，故声调不同；地异，故山川神灵动植物皆不同"，"楚虽蛮夷，久为大国，春秋之世，已能赋诗，风雅之教，宁所未习，幸其固有文化，尚未沦亡，交错为文，遂生壮采"。地域的不同文化随着历史上不断融合，可能保存较为明显的元素就在餐桌上了。待大家坐好，屈原家宴的几道招牌菜陆续登场，有屈乡江鲢、屈乡蒸腊蹄、橙皮牛肉、古法炮羔羊等，确实"食之有味"。

回酒店的车上，稍有些恍惚，觉得宜昌一天的观感似乎都在回答韩少功当年在《文学的根》中提出的"绚丽的楚文化到哪里去了"这个问题。

认识长春

　　长久以来，长春一直是一个形象模糊的城市。火车到站、飞机进港前虽然也有一番介绍，但不过是一些套话而已，让人不得要领。居住在这个城市里的人们每每遇有外地朋友来做客，往往绞尽脑汁也不知道该怎样向人描述，只好拿出一种老实谦虚的说法：长春也没啥看的，没有山也没有水。想想话到此为止还不甘心，便没有多少底气地加上一句：就有一个伪皇宫。可是好不容易沾上了"皇宫"二字，却还是个"伪"的。作为长春人，大多都去看过伪皇宫，那不过是受气的傀儡"皇帝"待过的地方，看不出有多大意思。这两年由于新组建的"大学航母"吉林大学气吞山河地合并了长春的白求恩医科大学、吉林工业大学、长春科技大学、长春邮电学院和解放军军需大学这几所分布在市区的高校，人们在城区内到处可见醒目的蓝底白字的"吉林大学"的校牌。如今长春人再向外人介绍自己的城市时，新添了一句幽默的话：长春市坐落在吉林大学校园之中。出差到南方城市时，南方的朋友来过长春的印象中都会记住人民大街，因为南方城市很少会有这么宽阔的街道。随着城市的发展，这条街的名气也渐渐低落。

长春作为一座见证殖民历史的城市，它的特色是再突出不过了。在中国的城市中含有殖民色彩的建筑区域并不少见。但从一座城市的全部规划到整体完成，并且具有各种指标的殖民地都城，恐怕只有长春市，可以说长春是一座具有博物馆意义的城市。直到20世纪80年代末，长春的城市建筑基本上还保持着三四十年代的原貌，遗憾的是，以1992年5月26日在一声巨响中1914年建成的长春火车站化为乌有为开端，十年来长春在疯狂追赶时髦中，难以计数的旧建筑遭到空前的破坏，即使在一片拆毁中躲过劫难的一些重要建筑，仍逃脱不掉被涂脂抹粉弄得面目全非的命运。当时长春火车站新站建设规划时曾有两种意见，一种是拆旧建新，一种是保留老站，到城市的外围孟家屯去建新站。如今走在拥挤混乱不堪的站前广场，我常常忍不住设想，如果那一年长春新站建在了郊区，如果长春90年代开始的城市大开发不是在老城区毁旧建新，而是将老城作为一座城市博物馆完好保护起来，在外围建新城，那么今天的长春，毫不夸张地说将是游人买票才可入城参观的城市。长春作为一座平原上的城市，它的规划几乎不会遇到地貌上的自然阻碍，它的唯一的问题是出在人的观念上，也可以说这么多年以来，生活在这里的人并不认识自己的城市，"只缘身在此山中"。

到照片资料中去看一看那些已不见踪影的殖民地建筑物，

不能不慨叹这些本已躲过战火、躲过"文革"、不会消失掉的文化载体的灭绝。到犬牙交错新旧混杂的城市中走一走，免不了会感到它的不伦不类，感到它的建筑风格间的不和谐。

从建筑艺术史的角度去寻找，长春的伪满建筑具有非常重要的个别意义。所谓的被专家们称之为"满洲式"建筑，是当年一批日本建筑界的名流将舶来的西方建筑艺术新潮与中国的建筑艺术历史传统融为一体的试验产物。在长春留下建筑作品的日本建筑师最值一提的当数远藤新，他是美国现代主义建筑的第一代大师、有机建筑理论的创造者赖特的弟子。远藤新是应伪满中央银行的邀请来长春的，他在长春完成了伪满洲国中央银行俱乐部及银行总裁官邸、职员住宅等一系列建筑设计，尤以草原式住宅风格的别墅设计著名。现为长春宾馆的建筑即是当年的银行俱乐部，但由于一次次改建修葺，历史风貌及建筑风格已无法辨认。

作为"百无一用是书生"的人，面对连伪满洲国文教部的建筑前不久都可以被改头换面的事实，我总有一种恐惧，不知哪一天一觉醒来又有几幢类似的建筑会在一夜之间失踪。伪满历史的结束已距今近八十年了，对剩下的这些特殊的"遗产"谁也没有权力随意处置，我们总得给历史留下一份活的见证，给城市留下一份活的资料，给后代留下一份旅游资源吧。

多年来长春还有一个叫得不太响亮的别名——文化城，作为一座文化城，其文化显现在什么地方呢，是多少所大学，还是一座日见沉寂的电影厂？我看更需要珍视的是这座城市作为殖民地文化研究的标本库。

至于赫赫有名的第一汽车制造厂赋予这座城市哪些影响，大家有目共睹，不说也罢。

平民的风景

　　许多风景名胜是不可轻易去看的，我曾对一些朋友说过，看了一个，就等于在想象中消灭了一个。看——具有某种获得的意义，然而看也会让你在获得的同时失去。看——具有一定的功利性目的，对看到什么而沾沾自喜的那种笑容常常透出一股世俗之态；而想，可以说是超越功利的，是不以获得为目的。想象中的世界远比现实的世界丰富得多。因此，当人们带着过高的期待去观风景名胜时，往往会产生不能满足的感觉，认为远远没有原来想象的那么好。或许在实地游览某一名胜之前，你已经看到过有关这一风景名胜的图画、照片或者文字，这些东西会给你的想象拼命地添油加醋，使你燃起要去观看的欲望之火，能控制到想为止真有点儿困难。比如有一年去看黄果树瀑布，我面对那并不壮观的几缕水流，顿生悔意，真不如不来看。陪伴我到此的贵州人似乎觉察出我脸上流露出的一丝微妙，对我解释说，如果有某国总统之类的人物来，上边就会接到通知多放些水，那时的瀑布就十分有气势了。这个世界真是没办法，连风景名胜这样大自然赐给人类的天物，也要被人为控制。这样看了黄果树，除了不满之外还加了一点儿气愤。后来每到一地，我都尽量留下一个名胜不看，以便保持我对它想象的余地。我曾到过几次昆明，但我故意推辞掉几次去石林的机会，使石林到今天仍只在我的想象中存在着。

不过，话又要说回来，人毕竟不是每时每刻都只在想象中生活，现实的愉悦也是不可或缺的，重要的是人要把握好想象和现实这两类对应的世界关系。

依据我个人的理解，可以把风景划分为两大类，一类是想象中的风景，一类是现实中的风景。前者受距离、消费水平、交通工具、天气等种种条件制约，只有少数人有可能抵达近处，大多数人是无缘亲历的，但想象的权利是没有谁能够剥夺的。后者则是去起来十分方便的，不受什么条件限制的，什么人都会各得其所的。也可以把这种风景叫作平民的风景。数来算去，这种平民的风景还真是少得可怜。有幸的是在我所居住的城市——长春就得天独厚地享有一块休闲之地，那就是净月潭。净月潭是为平民而存在的。它曾是早年的水源地，它现在离市中心不过十几公里距离，在新的区划中，它将是长春绿色的肺叶。从吉林省的地形图看，它属长白山余脉的低山丘陵，处于东部山地向西部草原的过渡地带。地理位置和习性特征都具有一种折中性。它那面积达一百平方公里的人工林是人类反馈给大自然的少见的厚礼。一个人来到这样的地方，除了休憩、消闲、娱乐之外，可能还会学会如何与自然界和谐相处。

对净月潭这样不事张扬、平易朴实的身边风景，人们往往会被错觉支配，舍近求远。有时可能驱车百公里之外，去松花湖划船；有时可能为观冰雪热闹跑到更远一些的哈尔滨市。其实不论是春夏秋冬，净月潭足够我们生活在长春市的人充分享用了。春、夏、秋三个季节去净月潭，差不多是大家共同的周末和节假日消遣的选择。冬天的净月潭多年来未被人好好认识。前几天我去了一次之后，才真正体会到净月潭冬天里的美妙。号称东北人，仿佛和冰雪就有了不解之缘，倘若不会在冰上穿着冰鞋站一站，跑几圈，会被南方人笑话的。如果仅仅是在电视上看过滑雪场的大回转，自己未踏过滑雪板，未摔过几个大跟头，与大雪野好好亲近过，那就枉称东北人。想填补作为东北人的生活空白，那就在冬天里去净月潭吧，回来保你就不缺项了，就地地道道了。

作为长春人，数九寒天来了远方的朋友，主人又想好好尽一尽地主之谊，最合适的方式就是带他们去净月潭，只要让他们和冰雪相识，那比用什么招待客人都好。

心中的澳门

一

1987 年夏天，我随吉林作家赴两广（广东、广西）访问团曾到过珠海。在珠海活动期间，一项让大家最兴奋的内容就是看一眼澳门。先是到拱北海关，隔着高高的铁丝网，隐隐约约可以看到插在一座楼顶的葡萄牙旗帜随风摆动。之后我们又乘坐游艇，从海上来了个环澳门岛一游。遥望那些高耸的楼宇和透着历史沧桑的城市，每个人都将内心的情感找到一种寄托。许多美好的事情都需要耐心等待。前几年，我作为庆祝澳门回归五周年全球华文诗歌、散文大奖赛的评委，应澳门基金会的邀请，终于踏上了这片带给我无尽想象的土地。

当我们乘坐的澳门航空的飞机降落后，在跑道上滑行的时候，从舷窗向外一望，只见飞机两侧都是波光粼粼的水面，待走下飞机回头看看，才明白那就是拥抱着澳门的无边无际的大海，原来澳门国际机场是填海而建，怪不得会有这样奇特的景观。除了把机场这般的庞然大物放在大海的怀抱里，澳门在凼仔和路环两岛间近些年还有三点五平方公里的新填海区。按说这也不是多大的面积，但在澳门总面积中，它的分量还真不轻。

我梦见一座精致的
城市，被大海反射着；
我梦见花粉一样传播的
灵魂；我梦见纸上的词语：
没有祖国，就没有自由。

没有谁能夺走爱，
就像深夜里归来的路程，
我只是寻找能够属于，
她的光荣，我心灵的，
朝觐，纯真而安静。

我知道，我、你，
我们每个人都有明天，
我们会从大海上走出一条路，
抵达内心的福祉。

这是本次大赛诗歌一等奖获得者马累的一首《致澳门》。

显然作者也和我一样此前并未到过澳门，所以它只是一座梦中的城市。有趣的是，在诗人的笔下，这座城市不仅"被大海反射着"，也不仅带给诗人"心灵的朝觐，纯真而安静"，而且作者竟有些执拗地认为"我们会从大海上走出一条路，抵达内心的福祉"。这既是关于澳门的一个虚拟中的象征，也完完全全是眼前澳门的实际存在。

二

澳门的人口约有四十四万人，在那么小的地方，分布这么多的人群，算得上是全世界人口最稠密的地区了，有人测算过，它的人口密度是中国内地的二百倍，是香港的五倍。奇怪的是，当你在澳门街头漫步的时候，你并不会发现处处人山人海、摩肩接踵、拥挤不堪。对此现象，陪同我们游览的一位陈先生的解释颇耐人寻味，他说澳门人的活动时间与别的城市一个重要的区别在于：别的城市是八个小时，澳门是二十四个小时。这样在某一段绝对时间里你自然不会看见相对集中的人。仔细一品，这话也挺有道理。澳门除了人口多之外，车也多得惊人，全澳门计有车辆十三万多，平均不到四人一辆，令人不解的是，拥有这么多车的岛上，几乎见不到塞车景象。不但如此，车与车、车与人的相遇时都能够礼貌谦让，那种在别处司空见惯的抢路、抢行的状况在这里很难找到。如果把我在街头行走也当作是一种测试的话，那结果是绝对让人满意的。驾车的司机只要看见路口有人在横过马路，个个马上减速，若发现你犹豫不决，他（她）还会向你摆摆手，示意让你先过去。对澳门感情很深的散文一等奖获得者阎纯德教授在《澳门，我的温柔之乡》一文中有这样一段描述："在我的印象里，葡萄牙人素以安静闻名于世。慢慢悠悠的性格和'基因'也许对澳门的安详有所影响。有人说澳门人没脾气，在我看来这是很纯朴的准确褒扬。我就没见过澳门人因为走路泊车购物而吵嘴打架……行驶在窄窄马路上的计程车，为了客人的上下可以随处停车，后面的车子就排成长长的队慢慢等，但没有人鸣笛，更没人骂街。"读到这里，让我想起两个画面，一个场景是苏联解体后，从电视上目睹的俄罗斯人在排着长队、看着报纸购买紧缺的食品；另一个场景是 1991 年在黑河对岸的布拉戈维申斯克，容纳了两千多人同时就餐的餐厅里，除了能听见十几个中国人的说话声外，几乎听不到俄罗斯人的声音。看来要改造我们身上的陋习常照照镜子是十分必要的。或许是到了澳门这样温和谦让的地方，像蒋子龙这样的作家，他的参赛作品仅仅得了个三等奖，却一点儿也没让人感到他有所不快。更令人陷入沉思的是有如此优良品质的澳门人，并不是故步自封，听澳门基金会的行政委员会主席吴荣恪先生介绍，何厚铧特首还提出要把提高澳门的综合实力、提高澳门人的文化素质作为长期努力目标，这真是深谋远虑、智者风范啊。

三

有着丰富阅历的阎纯德先生在他的文章中有这样一段评价："就物质和精神而言，我常对人说的一种感觉是：香港，是奢华的'地主'；澳门，是朴素的乡下'中农'……"这是很贴切的比喻。无独有偶，《人民日报》驻澳门的首席记者曾坤本次参赛的获奖作品《平实的富人》，记述的几个人物更加印证了此说。

曾坤住的地方有一看门老头儿姓梁，因为能讲几句普通话，进出门的工夫常和曾坤能聊上一会儿，两人渐渐成了朋友。从梁老头儿的苍老面容和稍有点儿驼背的形象上看，以及与梁老头儿的断断续续的交谈中分析，这老头儿一定是个底层人。曾坤和太太都很同情他，有时买了好吃的东西回来，见是梁先生值班总要硬塞给他一些。有一次，梁先生不太好意思地与曾坤说，你什么时候方便，我有点儿事想到你家说说。曾坤以为老先生一定是遇到了什么困难，需要别人帮助，就爽快地答应他随时来吧。某一天，梁先生来到了曾家，寒暄了半天，也没切入正题。曾坤还以为是老先生张不开口，便主动询问，先生有什么困难需要我们帮忙尽管说，千万别客气。先生这方十分真诚地开腔了，他告诉曾坤夫妇说，他在内地开了一家针织厂，生产毛衣，看曾坤夫妇俩这么好，想抽时间带他们去厂里挑两件毛衣送给他们。此言一出，声音虽小，给曾坤夫妇造成的心里震动很大。为探个虚实，夫妇俩与梁先生约好了时间，驾车来到位于中山市的梁先生的工厂。不看不知道，一看吓一跳，从那工厂的规模估计，怎么也是上千万的资产。无论如何曾坤夫妇也想不到，一个拥有上千万资产的老人竟会去守大门。这类事曾先生遇上不止一件，在这篇题为《平实的富人》结尾处，曾坤感慨道："澳门人就是这样，有了钱不炫耀，不摆谱；没有钱不气馁，不消沉。我喜欢澳门人。"

四

说到澳门绕不过这个"赌"字，即使是一个对澳门缺乏了解的人，一提澳门两个字，第一反应都会想到那是一座赌城。这情形就跟人们说到美国的拉斯维加斯差不多。到过澳门的人，用蒋子龙先生的话说："哪有不到葡京大酒店试试手气的？"蒋先生从一个外来人的角度，以一个作家的坦诚这样写道："要知道博彩业可是澳门的象征性产业，以一个作家的好奇心也不可能不下场。不错，我第一次去澳门待的时间长些，到第三天自觉已经上了赌瘾，手痒难挨，心里没着没落，忽然间就觉得在澳门的其他活动安排都变得不再重要，两只脚不听使唤地要往赌台前凑。那种感觉很是奇特，是我从未经历过的，几年后到拉斯维加斯又跟犯病似的爆发过一次。所幸当时还没有丧失最后的理智……赌是人的一种天性，凡人皆有赌性，哪一个人一生不干一点儿冒风险的事？有风险就有赌博的性质，生活本身也可以说是一场漫长的或隐或现或大或小或急或缓的赌博。赌的诱惑是赢，博的刺激是胜，特别是现代博彩业去掉了前边的'赌'字，在'博'字后面加上了一个花枝招展的'彩'字，便给立见分晓的金钱乃至命运的输赢，蒙上了一层柔情蜜意的娱乐性。使人一旦走进赌场，体内便产生一种叫阿片肽的物质，这种特殊的物质使人能高度集中精神，整个人处于极端兴奋状态，可最大限度地获得对刺激的满足感……"蒋子龙先生这段描述是我所看到的作家对赌博的理解中最精彩的文字了。说到澳门与赌，一般人都会认为生长于赌城中的人一定是嗜赌的。但你若读读本次参赛的获奖作品杨宓的《山城记影》，相信你自会修正一下自己的错误认识。杨宓在澳门工作，依他的观察，绝大多数澳门人是不进赌场的，谁能想到，日日生活在赌场丛中、穿梭于赌徒左右的澳门人，竟有如此定力，能够做到独善其身，简直有些匪夷所思。经过逆向思维，杨宓先生终于想出了究竟：必得先有澳门人的不赌，才能有澳门的赌业。

获得澳门特区政府批准从事博彩经营的公司有三家，即澳门博彩股份有限公司、永利度假村（澳门）股份有限公司和银河娱乐场股份有限公司。如今澳门比较知名的娱乐场，除了葡京之外，近年又新开了一家美式赌场——金沙娱乐场。在赌场的门口会有一块告示牌，提醒来玩的人："赌博无必胜，轻注好怡情；闲钱来玩耍，保持娱乐性。"而且当地还规定二十二岁以下澳门居民和十八岁以下之游客不准进入。陪我们到葡京赌场转了一圈的澳门大学的姚风先生告诉我，若不是因为带我们来看看，平时他是不到这种地方来的。在澳门基金会设宴款待我们的餐桌上，听主人讲，每个月葡京、金沙、银河这几个大的娱乐场都要拿出几千万澳门元给基金会，通过基金会的严格筹划用于澳门的各项公益事业。

五

早在 1553 年，葡萄牙人借口商船触礁，要求登岸晾晒货物，并占据澳门以后，它便成了一个东西方文化的交汇点。四百多年的风云变幻，四百多年的历史积淀，澳门人使用的日常语言就常常是广东话、普通话、葡语、英语四种语言转来换去。在建筑艺术方面，这里既有南欧风格的老市政厅，也有具有苏州园林情调的卢廉若公园。从宗教的角度点数，这里既有佛教、道教，也有天主教、基督教，等等。四十座庙宇，二十座教堂，各种教派之间互相尊重，相安无事。澳门人的各种活动差不多都是有立体感的，连体育赛事都是既有民族的端午节传统赛龙舟，也有一年一度的前卫的国际格兰披治大赛车。我们去登旅游塔俯瞰澳门时，看到在旅游塔的广场前，刚刚落幕的澳门美食节搭建的场地还未拆除。那一道道澳门式葡萄牙菜：马介休球、葡国鸡、酿蟹盖和地道的葡萄牙家常菜薯蓉青菜汤、炒蚬、红豆猪手、海鲜饭，加上妙不可言的中式菜肴，真是余香犹在，数日不绝。

今天（12 月 20 日）是澳门回归九周年纪念日，"今天：星光灿烂，欢歌的诗篇，浩大的庆典 / 这前赴后继的乐章，恍若一条条汹涌的河流 / 拍岸的惊涛，饱含着永恒的赞美和继续"（邓诗鸿《巍峨的星辰：澳门》）。

1995 访越札记

11 月 13 日

巧的是今天是我的生日，无论如何参加中国作家代表团出访应该说是一件令人高兴的事。为了不给同行的人添麻烦，我只是自己在心里想着这样过一个生日也很有意义，而没有告诉他们。

大约 7 点钟的时候，我们一行五个人已办好乘机手续，到首都国际机场 22 号候机厅等候。刚刚坐下一会儿，一位穿着米色风衣个头不高的越南人前来送行，翻译介绍说，他姓阮，是驻华使馆的一秘。

8 点钟开始登机，我们乘坐的是南方航空公司的波音 737 飞机，这架飞机虽然是国际航班，但奇怪的是没有头等舱。

经过三个多小时的飞行，飞机降落在南宁机场。从北京至越南的河内每个星期只有一个航班，北京离港还不能算是出境，要从南宁出境。从飞机上下来，一群人拥到一个门口，工作人员却让从另外的地方走，来回折腾了十几分钟才算找到了办手续的地方，这时外面下着毛毛雨，乘客中即有中国人又有越南人，也许对这种管理混乱的事情习以为常，没有谁感到不满。

原来预计在南宁机场停留四十分钟左右，结果等了一个多小时后飞机才重新起飞。南宁距河内空中距离三百二十公里，飞行时间三十五分钟。这样短的飞行我还是头一次经历，在国内航线上最短的飞行我所经历的是广州至海口，还需要四十五分钟才可以飞越琼州海峡。用短短的三十五分钟时间就飞抵另一个国家的首都，这作为一种事实让人接受起来多少有点儿困难。

13点50分，飞机抵达河内机场，机场地面温度为二十七摄氏度。河内机场不大，跑道看上去不怎么开阔，零零落落停泊着几架飞机，似乎有点儿冷清。

办完并不复杂的入境手续，却用了差不多一个小时的时间，我们五个人匆匆走进提取行李的大厅，慌忙地各自寻找看上去不怎么安全的行李。果真还没等走出机场，老范的一件行李就找不到了。整个大厅反复地看过好几遍，仍是无影无踪。我们知道越南作协的同志一直在出境口等候，不能再无休止地耽搁下去，就找到中国驻越使馆的同志，委托他在这查找。大家神色未定来到出口处，越南作协的外联部主任和两位女士金花和小红走上前来与我们亲切地握手，两位女士送给我们那每人一束鲜艳的红玫瑰花。

河内机场距市区不远，仅十几公里，我们乘坐的面包车是日本丰田公司生产的。主人怕晚饭时间迟一些我们会感到肚子饿，带我们到一家街旁的小餐馆去吃鸡丝米粉。热气腾腾的米粉满满一大碗端上来，我好奇地问陪同我们的越南作协的同志，这一碗需要多少钱，回答说五千盾，折合人民币四元钱，这个价格与中国大排档的价格差不多。

从小餐馆出来，我们乘车前往下榻的宾馆，途中掠过河内的几个重要的景观：城中心的青蛙公园，法国人修的大剧场，还有中央银行大楼。我们住的宾馆叫玫瑰宾馆，又是玫瑰，这一天与玫瑰总是联系在一起。五个人分住三个房间，团长陈建功住 208，范咏戈和梁健住 308，我和韩梦杰住 508，又是巧合，三个房间都带"8"，也许是接待的人有意为使客人高兴安排的。

稍事休息之后，我们都到团长的房间碰头，商量一下越方的日程安排方面我们还有什么建议，归纳起来，我们提了两条，一是要求去广宁省途中要到海防市停一下，因为海防是越南的一个重要城市，翻译老梁的父亲还住在那里。二是提出要看一下越南的一种民间艺术表演——水上木偶。临行前，在北京我与吕胜中、李老十、西里在一起吃饭时，吕胜中告诉我越南的水上木偶很有意思，你去越南应该看一看。看了越方的日程表上没有这一项内容，我便想着提出这条建议。

18 点，河内的时间 17 点（北京时间与河内时间时差为一小时），越南作协的《文艺报》派车接我们先到报社的接待室见个面，然后去河内郊区的一个蛇村吃蛇宴。

蛇村是因满村都是蛇餐馆而得名，原名叫泪蜜乡，其中恐怕又有一个动听的传说。经过一座需要交过桥费的大桥时，司机向一位记者要记者证，凭这一记者证就可以免收过桥费。

朦胧的夜色里，汽车穿行在五光十色的招徕灯光中，转了几个弯，在一条狭窄的小巷子里停了下来。这座蛇餐馆有两层楼，老板和越南作协的人已是老熟人，上一次中国作协代表团来访也在这吃过蛇餐。从楼梯上来，先去阳台下看蛇园，只见院子里的树干上盘着一团团的蛇，地面上也有粗粗细细的蛇在缓慢地爬行。回到餐厅里，厨师手拎两条蛇开始表演杀蛇。他将一条蛇的头按住，将毒汁挤出，然后用刀把蛇的牙齿刮掉，再灌上酒，甩几下，开膛取出杂物，一条蛇杀好只需一分钟时间，真是利落得很。

一道道的蛇菜陆续端上来，有蛇羹、蛇皮、蛇卷、蛇饼、蛇盅、蛇肉、蛇粥、蛇酒、蛇全等，叫作一蛇十吃。

席间两国作家自由交谈，一位青年作家与我谈到汪国真、张艺谋、巩俐、后朦胧诗等问题。越南的作家性格大多很开朗，谈起话来无拘无束，开玩笑也没遮拦，整个宴会上气氛十分轻松。

23点，我们返回了玫瑰宾馆，服务员小姐已将我们从机场带回的玫瑰花插在房间的花瓶里，房间里飘着一缕淡淡的香味，伴随我们进入第一个在越南的睡眠。

11 月 14 日

早晨，建功打来电话，约我们去街上转转，到了楼下一看，天下起了雨，只好作罢。

早餐是西式和越式结合，有煎蛋、面包、奶油、咖啡，还有一碗牛肉米粉。

8 点 30 分，我们乘车去越南作协与越南作家座谈。越南作协的办公楼虽不太大，但很漂亮，是一栋黄色的法式建筑。座谈会由越共中央思想文化部副部长、作协党组书记、主席阮克田主持，双方互相致辞后，又互赠了礼物。然后是自由交谈。基本上是我们几个人分别按专题介绍一下中国当代文学发展的状况后，由越方作家提问，我们再分别回答。越方作家提到的问题有：如果遇到反动的作品出现，中国作协将如何处理？中国目前专业作家的体制是什么样的？少数民族文学在文学中的地位和作用？中国作家在海外发表作品是否有限制？文学评论界处于什么样的状态？……

座谈一直持续到 12 点 30 分，然后我们去河内的一家四川餐馆吃鸳鸯火锅。饭店的女老板是越南人，但会讲中文，是二十年前学会的。厨师是两个重庆人，每人每月可净挣四百美元。

14 点整，我们一行五人来到越共思想文化部，越共中央委员、思想文化部部长何登在一间宽敞的大厅里接见了我们。大厅里摆放着胡志明的石膏像，像旁有一些鲜花点缀。何登个子不高，着一套西装，穿的袜子上面有一些细碎的小花。面容自然可亲，讲起话来非常从容自如。

17 点，越南军方派车来接我们去竹白湖畔的水边餐厅与越南人民军作家代表共进晚餐。宴会上，范咏戈代表中国部队作家向越方赠送了一帧珍贵的黑白照片，是从中国人民革命军事博物馆好不容易翻拍出来的。照片是胡志明 1959 年来中国参加建国十周年大庆时，在飞机上翻看《解放军文艺》的情景。

席间大家还谈到了对美国电影《猎鹿人》等的看法。

11 月 15 日

下午游河内市的还剑湖和独柱寺。

还剑湖因一传说而得名，据传越南的一位皇帝打败仗，非常沮丧。有一天他为散心到一湖上泛舟，船行其间，忽有一神龟，口衔一剑，浮出水面对皇帝说，你带上这把剑去打仗便可无往不胜。皇帝得此宝剑再去战，果然大获全胜。后来皇帝将此剑归还神龟，并在湖上筑一岛，造一龟塔，供神龟休憩。

在还剑湖不远处有一寺，名曰独柱寺。这个寺据说始建于云南的李朝时期，李朝的一位皇帝久无子嗣，有一天晚上做了一个梦，一位仙人告诉他，修建一座独柱寺，便可获得后代。梦醒之后，皇帝便按梦中仙人所嘱，命人修建独柱寺。独柱寺顾名思义，即用一根粗壮的圆木支撑的一座佛寺，此柱下端插在湖水之中，顶端寺顶像一座莲花，一柱一莲，似有阴阳交合之意蕴。我们所看到的独柱寺的底部已裹上了一层水泥，看不到木质的痕迹，可能是时间长了，木头被水浸泡已有些腐烂的缘故。

11 月 16—17 日

匆匆吃过早餐，大约 7 点 30 分，我们乘坐一辆面包车，由越南作协的外联部范进阅和作家陶武陪同，去越南北部的广宁省省会下龙市。陶武个子很高，六十多岁，面庞红润，讲话慢声慢语，他曾去过中国，并且到过长春，与长影的胡苏有过交往，他和武元甲也是很密切的朋友。他会讲中文，由于很长时间不讲，有些词常常会卡一下才会蹦出来。

10 点多，汽车到了海防市。我们在车上透过车窗看到街旁掠过的景物，翻译梁健回到他处在闹市里一条狭弄的父母家。梁的父亲是湛江人，早年随祖父来到越南，他的祖父是一位老中医，从越南又去过老挝的万象，在万象被人害死。父亲从事修鞋，现已加入越南国籍。十五分钟后，梁健从家里急匆匆又踏进车里，一个瘦高个子的老人站在弄堂口远远地望着他的儿子和那辆就要把他的儿子带走的白色面包车，目光透出些迷茫。

我们在海防吃了午饭，又继续赶路。16 点多，到了下龙，下龙是由原来的焦地和鸿基两市合并而成，因一海湾叫下龙湾而得名。下龙与河内的故名升龙相对应。下龙是天龙下凡的意思，升龙是龙又升回天上的意思。下龙湾是世界著名的旅游胜地，联合国将此处命名为世界级自然景观。海湾中有无数座奇形怪状的小岛，也有海上桂林之美称。

晚上广宁省政府副主席红霞女士设宴款待代表团一行。红霞女士穿一件具有越南民族特色的绿色长袍，袍上绣着白色的孔雀。红霞女士讲话声调十分柔和，很好听。下龙也是越南的煤都，当地文联送给我们每人一件煤晶制作的小鹿作为纪念品。

17日上午，我们乘一游艇去游下龙湾。风平浪静的海面上，大大小小分布着数千座岛屿，有的是石头形成的，有的是土山，传说是天龙下凡时，口中喷吐出来的珠子形成小岛。民间还认为石头的岛为男性的象征，土的岛为女性的象征。要想看遍这些岛，需要一个月的时间。下龙湾是许多名人光顾过的地方，世界各国访越的元首差不多都要看一下下龙湾，据说在评定下龙湾的世界旅游景观时，所有投票的专家都投了赞成票。60年代周恩来到过下龙湾，郭沫若、巴金也到过下龙湾，在郭沫若看来，如果没到过下龙湾就等于没来过越南。

午饭后，我们改走一条不途经海防市的公路返回河内。中途看到一座越南北方最大的火力发电厂，越战时，这座电厂是美军的主要轰炸目标。

越南的河流很多，但一些江河上却没有大桥，汽车要开上轮渡才可过江。轮渡船上卡车、面包车、轿车、人力车挤成一片，人们站在船的边缘，呼呼隆隆地一会儿一班。在过轮渡的时候，我们和一越南小姑娘攀谈起来。她刚刚十三岁，正在一所学校读数学实验班，小姑娘一说话总是先笑笑，回答问题时要沉思半天，下船后我们与她一起照张相留念。快门一按过，她背起书包嗖嗖地瞬间就跑得无影无踪。

18 点 30 分，由越南作协安排的送别河内的宴会在越党中央招待所举行。这个招待所也叫西湖宾馆。中国驻越大使馆文化处一秘于祥基偕夫人出席了宴会。宴会由越共思想文化部副部长阮克田主持，越作协副主席阮有请也讲了话，大家高高兴兴地碰杯，喝了不少白兰地和香槟酒。

11 月 18 日

4 点 30 分，宾馆的叫醒电话就打进房间，匆匆地起床，洗漱，然后去河内机场，6 点 45 分登上由河内飞往越南中部城市岘港的飞机。这是一架由法国与越南合作经营的航空公司的飞机，是一种小型的空中客车，飞机的驾驶人员是法国人，服务人员是越南人。机上的服务很是周到，在飞机上饱餐了一顿后，约一小时就到了岘港。

岘港是越南中部的重要港口城市，越南作协《文艺报》驻岘港的代表也是岘港的文联主席、诗人青桂来机场迎接我们。岘港的气温比河内高了许多，一下飞机一股热浪袭来，不一会儿就人人满身是汗。我们先去参观了一个占婆博物馆，是東族文化的集中代表，博物馆中有很多石雕。

中午我们到一家叫金亭花的水上餐厅用餐,这是一家日本与越南合资的餐厅,环境很幽雅,窗外就是一条通向入海口的大江,不时有轮船开过。

岘港有七十多万人口,是越南的第三大城市,1858 年法军在此登陆,1965 年美军在此登陆。阮朝时岘港被租借给法国,法语叫都兰,这个城市 14 世纪就初具规模了。早在明代时就有不少中国人来到岘港,来的大多为福建人,在距岘港三十公里处就有一座惠安古城,居住着一万多惠安人的后裔。

下午乘汽车经过越南的长山山脉,16 点多抵达越南的古都承天顺化省省会顺化市。

11 月 19 日

顺化是越南的历史名城,现为承天顺化省省会,位于越南的中部,香江从城中穿过,使城市分为南北两区。1635—1945 年间,曾先后为旧阮、西山阮、新阮等封建王朝的都城。1993 年联合国教科文组织将顺化命名为世界级文化遗产群体。

上午冒着滂沱大雨我们去参观了几座皇陵和一座皇宫,陪同我们的一位顺化的小伙子潘海清,他是顺化故都保护遗迹中心的负责人,会讲中文。他对顺化的古迹了如指掌,介绍十分风趣。对中国古典文化,尤其是古代建筑,他十分推崇,不时流露出想找一个机会到中国实地看看那些他不断想象着的古建筑。

下午我们到承天顺化省政府会见厅，省政府副主席阮文墨接见了代表团一行。

晚上在省宾馆举办了酒会，席间省委书记武胜，他也是越共中央委员，和省政府主席从另一个会议的宴会上赶过来与中国作家代表团见面。

夜里，我们登上一艘木船，听当地艺人演唱顺化古曲。江面上灯火掩映，木船轻轻地划动，船舱里十几个艺人吹拉弹唱，悠扬的歌声带着人们的思绪起伏跌宕。其中有一曲赞美顺化姑娘的谣曲，把顺化的姑娘身上的优长之处总结为十个方面，一曰美丽的长长的头发，二曰温柔的性格，三曰讲话的声音动听，四曰身段匀称，五曰她们戴的草帽好看，六曰她们穿的长袍漂亮，七曰她们的眼睛含情脉脉，八曰跟她们约会的时候让人难以忘怀，后面还有两条，我没能记下来，不过有这八条也足够了。在船上我们喝一种越南宫廷里的酒叫明命汤，这种酒可使人喝了以后精神振奋。

11 月 20 日

上午我们乘坐一架越南航空公司的班机飞往南部最大的城市胡志明市。这架飞机是苏联制造的，还有螺旋桨，可乘坐 40 多位旅客，飞机的噪声很大。经过差不多 3 个小时的飞行，飞机到达位于湄公河三角洲的胡志明市。胡志明市原名西贡市，有近四百万人口，是越南最重要的工业城市，它的总产值占全国工业总产值的 30% 以上。它是越南最大的国际航空港和内河港。1976 年 7 月越南六届国会二次会议决定把西贡市改名为胡志明市。市区划分为十一郡，另辖六个县，距海仅五十公里。

这里的气温比顺化还高，人们在 11 月依然是裙子或短裤，长袖衬衫无法穿在身上。我们下榻在一个三星级的莲花饭店。

15 点 30 分，到胡志明市文联与当地作家见面，并进行座谈。傍晚去市里的商业区转一转，在一小工艺品店里买一些小物品。

11 月 21 日

在越南作协副主席、《文艺报》主编阮有请的专程陪同下，我们乘车前往巴地——头顿省的头顿市参观。

头顿是一个沿海城市，风景秀丽，也是旅游胜地，这里石油和天然气蕴藏十分丰富。我们去看了一家越俄合资的石油天然气公司，然后又到一座叫作相期山的山腰上，参观了一座 19 世纪的建筑物，这座建筑物叫白宫，是法国殖民统治时期为印度支那总督保罗·杜默修建的避暑处所。越南的一位皇帝成泰 1909 年被流放非洲留尼汪岛之前，曾有一段时间软禁在此白宫中。白宫中除原样置放着那些旧物外，还展览着一艘 17 世纪沉船的打捞物，这艘海中帆船是由中国开出的，船上的许多东西是中国货，现在陈放在橱柜里述说着它们无法把握的经历。

从头顿返回胡志明市的途中，《文艺报》的记者奉主编之命，在车上对我进行了采访。此前在河内市临离开的前一个晚上，越南《青年报》也派一位记者到驻地对我及团里的其他成员进行了闪电式采访。实在是没有时间，日程一环扣一环，紧得没有喘息之机。车上的采访涉及我个人的文学经历、当代中国青年作家的写作状况等。

晚上在胡志明市的一家非常讲究的餐馆里举办了送别宴会。这是一座美式建筑，饭店的设施标准的美国化，服务者的服务也很规范。宴会上我们和主人都要讲一讲自己的感受，此起彼伏，累得翻译无暇进餐。我将去头顿途中记下的阮有请的一首成名诗用中文翻译了一遍，说是译并不准确，是翻译译出大概意思后我加之润色。这首诗的题目是《在海边，傍晚思念情人的时候》，大意是：哥哥离开了妹妹 / 月亮是孤单的 / 太阳也是孤单的 / 大海再辽阔 / 如果没有了风帆 / 也会感到孤独 / 思念中的妹妹 / 虽然她不是晚霞 / 但已把我染成一片紫色 / 不停地涌动着的大风大浪啊 / 假如你不能把我思念的人 / 带到我身旁来 / 那你又有什么用处呢。趁着酒兴，我还写下几首打油诗即席朗诵，其中一首是《赠有请同志》："有请说有请 / 北京到南宁 / 有请说有请 / 河内胡志明 / 有请尽友情 / 一路迎又送 / 有请真友情 / 不日再相逢。"

11 月 22 日

这是在越南停留的最后一天，13 点 30 分我们将乘坐中国民航南方航空公司的飞机从胡志明市飞往广州。胡志明市没有直达北京的飞机，只有先到广州，然后再飞北京。

上午也被充分利用了，我们先去参观伪总统府，是美国统治越南南方期间傀儡政府的大本营，这幢建筑物是殖民统治的见证物，它的另一大特色是一切从战争需要出发，这幢大楼楼顶有随时可以逃跑的直升机停机坪，地下有设施齐备的指挥所，地下指挥所的厨房用具都是美国运来的。

午饭前最后一点儿可以使用的时间，我们到胡志明市中心一家工艺品商场去购物，大家的目光集中在木漆器上，有漆盘、漆盒，漆木的烟具、茶具，这种工艺品价格不高，但很有特点。

吃过午饭，我们去胡志明市机场，越南作协及胡志明市文联的人差不多有几十位都到机场来送行。宾主间一一握手、拥抱，依依惜别，总算进了海关，挥手致意是最后分手时的动作。我看到越南朋友真挚地流下了眼泪，我的心里也有点儿发酸，目光渐渐模糊起来。

回到《关东文学》
——20 世纪 80 年代第三代诗歌的一个现场

　　接到《红岩》的约稿信，就一直犹豫，真不知道通过什么方式能回到二十多年前的那个现场。印在刊物上的铅字，尽管看上去纸张发黄、粗陋不堪、模糊不清，但毕竟还是可确证的东西。而能保存下来的记忆是十分可疑的，我不大敢依赖它。还有可靠点的踪迹那就是当年的书信了。于是，写这篇文字之前先是翻箱倒柜、翻遍犄角旮旯，查找那些信件。这可不是一件容易的事，足足耗去我三天的时间，总算找到了一些白纸黑字。

　　那些年我在《关东文学》主事，这个刊物是吉林省最小的一个省辖市——辽源市文联主办的。说到这个城市之小，有不少人搞不清它属于东北的哪个省。连格非写给我的信，信封上写的都是辽宁省辽源市。我是 1985 年在《关东文学》这个刊物就要夭折时，把一个要啥没啥的杂志接到手的。起初的三个月连工资都没有发，更不用说其他了。主事的当务之急是解决钱的问题。那年月小报盛行，我们就以刊物增页的形式做成文摘小报，一卖就火得一塌糊涂。杂志社的窗户都被来批发小报的商贩给挤破了，原来在电影院门口卖瓜子的小贩立马就改行，变成卖小报的了。接下来就把《关东文学》的刊期由季刊改为双月刊、月刊，然后编成一期通俗，一期纯文学，当时被称为"阴阳脸"。我们自己的说法是"以文养文""以刊养刊"。通俗的每期发行量不断上升，由开始的二三十万册，逐渐达到最高峰的七十万册。朱大可1987年10月7日来信肯定："《关东文学》能以现在的方式生存，在俗文学与先锋文学之间跳宕，大概是极聪明的。"80年代是文人缺钱的年代，当年，欧阳江河曾给我写信说："这年头弄钱对文人来说太困难，所以有个弄钱机会就不能放过。"为忽悠我帮忙弄点儿银子，老兄说："你在东北挺有办法，最好能设法为诗坛办些大事。我预感你今后的作用会与晓渡不相上下。"张小波在1986年11月写信来要样刊时直言不讳地说："我穷困潦倒，开稿酬的话，走点儿后门吧。一笑。"

钱是不缺了，就开始琢磨在纯文学上做点儿事吧。怎么让一个偏处东北一隅的小刊物弄出点儿响动呢？看来走平常路肯定是不成的。也许真的是年轻，有股敢想敢干的冲劲儿，于是在1986年4期，《关东文学》就策划编发了一个探索文学专号，其实是个先锋文学的专号，担心直接叫出来惹来麻烦。这一期专号上有李劼、鬼子（当时叫廖润柏）、洪峰、董立勃、郑万隆的小说，有顾城的诗。顾城来信说："遵约寄上我和夫人谢烨的稿子，请赐教。祝专号成功。"或许是因为挑剔，这一期上只发了顾城的《没有注满的桶》等五首诗，谢烨的诗居然没给发。当然，这一期最显眼是主推的一个栏目——"第三代诗会"，其中的第三代诗歌有李亚伟的《硬汉们》、马松的《我们，流浪汉》、万夏的《波尔卡》、胡冬的《朋友们》和郭力家的《特种兵》、邵春光的《等在你往回走的路上》。在这一期刊物的卷头语中说："本期的第三代诗会，可视为正在成长之中的南方、北方第三代诗人的一次检阅，他们是一个不可忽视的群体。"亚伟在1986年9月20日的来信中评价这个举动说："外出方归不久，才看到《关东文学》，谅！第三代人首次在国家刊物上露面，使朋友们极其兴奋。现闹第三代诗的很多，但总是散的。《关东文学》给散沙们聚了一下，大家很提神。"这算是《关东文学》与第三代诗人之间渊源的开始。到了1986年第6期的《关东文学》，在第三代诗会栏目中，张小波的组诗《白洞》、朱凌波的《苦夏的鳞片》、宋强的《长生镇》、宋瑜的《壁虎》等一起登台亮相。转过年来，《关东文学》的第三代诗会栏目继续招兵买马，1987年第2期上，又增加了二毛的《灰色猫》，宋渠、宋炜的《镜子世界》，还有我自己以笔名示人写的组诗《灰色屏幕》。1987年第4期有李亚伟的《酒之路》《夜酌》《回家》《古代朋友》等都与酒有关的诗。在亚伟给我的信件中，有好几封都谈到喝酒的话题。一次说："有机会见面，非大喝一场不可。"后来我要去四川了，亚伟给我开了一张喝酒的路线图，告诉我："你来会很好玩。我还不知你是否已出发。在成都定去杨黎、胡冬、万夏几哥们儿处。这是咱们的亲兄弟。"可我到了成都，由于时间紧张没能按这个路条行事，重庆那边也没去上。我和亚伟的第一面直到多年后在北京的惠侨饭店才见上。那次倒是真的大喝了一场。

编了几期第三代诗会栏目，觉得不怎么过瘾，于是在1987年第6期就搞了一个第三代诗专辑。在这个专辑中有张小波的《大音》，陈东东的《非洲的饥饿》，二毛的组诗《黑花圈》，李亚伟的组诗《南方的日子》，何小竹的四首《静坐》《旅行》《暗藏煤油》《最后的梦境》，马松的《杀进夏天》，宋渠、宋炜的《有月亮和水和女儿的诗》，尚仲敏的《月儿弯弯照高楼》，翟永明的《生命》和《噩梦》，孟浪的《宗教》《小品》《生活》，唐亚平的《我如此孤寂才如此独立》《和你唠唠》，梁乐的《擂台》，杨黎的《开始》等。除了诗歌作品外，这个专辑上还发了李亚伟的莽汉诗歌回顾文章《莽汉手段》、朱凌波的《第三代诗概观》，算是个理论上的配合。亚伟在寄来《莽汉手段》时说："老实说，这算什么文章呀！挺糟，但咱们这种人能静下来'回顾'一下，也算难得了。莽汉们写文章挺困难，且难为情。就这样。'第三代人'尤其需要理论建设，可那些能写的家伙不知都干什么去了。"其实在这个专辑之前，《关东文学》就请唐晓渡写了一篇关于郭力家的诗论《第一滴血：冒充的英雄和本真的自我》，同时刊发了王晓华的《现代主义诗歌概论》，理论上的自觉意识还可以说有那么一点儿。在1987年第6期第三代诗专辑中，编发了韩东的四首诗《有关大雁塔》《你见过大海》《你的小屋》《逝去年代里的诗人》，我曾误以为《有关大雁塔》这首诗最早是在这发表的，后来知道《中国》在 1986 年 7 月号已发表了一次，不过是我没有看到。我看到人民文学出版社出版的《1987 年诗选》收选的是《关东文学》发的《有关大雁塔》，就以为这首诗不是重复发表的了。

1987 年《关东文学》举办了一次评奖活动，第三代诗人中有郭力家的《特种兵》获得优秀奖，李亚伟的《硬汉们》、张小波的《白洞》获得佳作奖。在当时的背景下，能把奖给这些人是件不可思议的事情。亚伟自己都不大敢相信，他 1987 年 12 月 31 日来信问我："听人说我在贵刊获了奖什么的，可是真的？"《关东文学》1987 年第 12 期的封二上刊登了一张我在颁奖会上宣布获奖名单的照片，万夏看到后给《关东文学》的编辑张旭东写信说："见了封二宗仁发的样子，我们都吃一惊。不过也就彻底放心了。"或许那时的我留着长长的头发和一脸胡子，和他们想象中的我对不上号。

1988 年第 2 期的《关东文学》第三代诗会栏目中出现了宋琳、陆忆敏、王寅、大仙、刘涛的作品，使第三代的阵容又壮大了许多。第三代诗在《关东文学》的高潮应是 1988 年第 4 期的"中国第三代诗专号"。这个专号的策划应该说和李亚伟也有关系，1987 年 10 月 2 日他在海南岛给我写信就提出了这个想法："到现在，《关东文学》无疑已和第三代人诗歌运动不可分割了。《关东文学》的影响挺大了，第三代人诗歌也和她一起，影响迅速扩散。但最近有种不过瘾的感觉。第三代人乃是一团乱麻，假的东西也渗入得太多，第二代良莠莫分的局面都严重影响了新诗的正常发展，有如朦胧诗后期，一种好的发展趋势被迅速软化，搞得苍白无力。大家都希望第三代人能再次突破，创作和理论达到一种新水平。我和杨黎商量了很久，打算把第三代人中，从前期到现在的最有影响（主要是已经很有影响，但至今未见天日）的作品、理论找到一起寄给你，看能否集中出现（或特号或专栏）以刺激更优秀的诗人和作品出现。请参考。这不过是个想法而已。"一个多月后，到处流浪的李亚伟找到了一个他自己认为是"适合自己的工作"——酉阳新民街 OK 火锅店。不知若干年后，亚伟在成都宽巷子开香积厨 1999 是否由此埋下的种子。这期间李亚伟写来一封信询问我的态度："我和杨黎在泸州（此处可能有误，看前信应是在海南岛写的）喝大曲时给你写过一封信。那建议不知怎样。滥酒已经不时髦，流浪也不时髦了。想来想去，干脆躲起来写一段时间再说，今年我提笔少。难受。"李亚伟、杨黎的建议对《关东文学》1988 年 4 月的专号的诞生是起到了很大作用的。实际上 1987 年初，亚伟就差不多可以算是《关东文学》的编外编辑了，他义务帮刊物组稿兼代办发行。他在信中这样说："寄来梁乐、马松二位近作，看能否给贵刊'第三代诗会'增些拳路。贵刊影响日渐增大，成都一些家伙常打听如何买到。多寄刊物（十或二十份）给每个发诗的（小说）作者，从稿费中扣除。这办法不知怎样？"一个天天喝大酒的亚伟能想得这么细，今天读到这个地方，我仍是感动不已。不光是亚伟把《关东文学》当作自己的刊物，杨黎也献计献策说："我想提个建议，贵刊搞流派介绍，第三代诗人群的又一个特点，就是自觉的流浪意识。朦胧诗就没有流浪。现在，可以被介绍的流派少说有非非、他们、海上、城市诗派、体验诗派、整体主义等。"还有郭力家，在1987年12月的《关东文学》上他的名字印在刊物上，名分就是特约编辑，当然是不拿分文的。说到这期专号，好玩的是组稿时竟是给每个作者拍的电报，我早就忘记了这个细节，是从好几个人的信中看出的确如此的。万夏在信中说："拍来电报的时候，我正在远离成都的沐川山中（渠炜家），电报是家里人再拍来的。而我的稿子全在家中，只得临时在宋氏这里找了这组诗。照片也是加急在相馆照的，很差，本人比此照'可以'得多。"这期专号的封二、封三上发的都是本期专号作者的照片，那时刊物是铅印，照片是烂锌板的方式做的，效果和现在的印刷没法比。不过万夏的那张照片印得还算清晰。那年月的第三代诗人不是有点儿自恋就是害羞，宋强在回应这期专号组稿时说："电报收到，谢谢！按照电文上的要求写了一段话，不知妥否。连同照片一起寄出，照得不好，羞见人哩。"亚伟似乎有种大无畏精神，他说："进照相馆恐来不及了，随便寄一张。又无心于媳妇。管它呢。"二毛接到电报寄来稿子时信中写道："外出方归，电文昨晚才看到，很激动。迄今为止《关东文学》是我们第三代人和真理和铅字一起成长的唯一一家刊物。为此我们佩服你们，为此我们充满欲望。"二毛是个有前瞻爱好的诗人，早在《关东文学》第一次开设第三代诗会专栏时，他就给予这样的评价："第三代诗人将与铅字在《关东文学》上一起成长，'第三代诗会'将推出中国诗坛又一次高峰，就像你们在1986年第4期卷头语所说，时间会证明一切！"宋琳在1987年底时对《关东文学》是这样赞誉的："我也常读《关东文学》，的确很喜欢，这是《中国》之后真正的现代主义阵地。"何小竹1987年9月6日信中说："诗歌正处于一个诗歌史上从未有过的关键时刻，贵刊能够在这个关键时刻起到非凡的作用，将为人们所永远记得！"

大家期盼的《关东文学》1988年4月的"中国第三代诗专号"终于如期而出，专号上开篇的是李亚伟的《酒之路》的第一首《岛》，第二首是陆地的诗，然后有杨黎的《怪客》《后怪客》《十二个时刻和一声轻轻的尖叫》，有宋琳的《城市之二：疯狂的病兆》（外五首），有陈东东的长诗《红鸟》，万夏的就是在宋渠、宋炜那里临时找的《给S氏姐妹的抒情诗六首》，有尚仲敏的《现状》（外三首），刘涛的组诗《手写体》，开愚的《诗九首》，宋强的《微音》（外二首），二毛的《再莽汉诗选》，杨小滨的组诗《险境》，马松的《在冬天》。还有车前子、一村、周亚平的三人交换诗选。每个人的作品前面都配有一个创作谈。今天回头看来，这一期《关东文学》仍可谓是中国第三代诗的一大独特景观。

做完这期专号不久，我就调到《作家》杂志社工作了。

鄂华：巨人式的写作

重读鄂华的作品，深深觉得他的创作在当代文学史上的地位并没有受到应有的重视，究其原因可能是多方面的。首先是 20 世纪 80 年代文学的繁荣大势里，鄂华的写作并没有成为那些貌似显赫的各种思潮的代表。不能说他的创作属于伤痕文学、改革文学、反思文学、寻根文学、先锋文学等之中的哪一类。对一个才华横溢的作家的忽略，往往就是在文学史以思潮为脉络的梳理中造成。

当然，文坛都知道吉林有个写国际题材小说的作家叫鄂华，可当改革开放后，国门轰然打开，一个并没有出过国的作家所写的国际题材小说，很容易就被铺天盖地、眼见为实的现实景观所淹没。"自由神的眼泪"也好，"证词"也好，就都成为阅读者文化饥渴时的特殊记忆。或许人们也会承认这些作品是文学匮乏年代里最吸引人的一部分。但毕竟受到那个时代的局限，是在某种观念笼罩下的想象。尽管在五六十年代一个作家能对西方世界用完全文学的方式作出如此描述，所需要的才气和能力要远远高于写自己熟悉的生活，可是仍然不能不留下许多遗憾。

实际上鄂华的写作从一开始就是标新立异的，他的视野和志趣都决定了他不能接受平庸的写作，选择国际题材创作其出发点也是要独辟蹊径，使自己不和五六十年代大多作家一样都一起在一条道上挤，扎堆往"土"里钻。

视鄂华为巨人式的写作，主要是应该看到他是一位有勇气始终不渝追求真理的作家。20世纪80年代初期，他写下了一批以西方中世纪及近现代伟大思想家、科学家、作家为原型的短篇小说，有写弥尔顿寻访伽利略的《阿尔切特里的林中小屋》，有写布鲁诺生命中重要旅程的《走向生命的星辰》，有写七十岁高龄前往罗马宗教法庭自己为自己辩护的伽利略在船上传播真理的《亚诺河之舟》。这些作品今天读来，仍使人无法平静，仍会受到心灵的冲击和震撼，非但丝毫没有过时之感，反倒颇有些振聋发聩的意味。毫不夸张地说，鄂华称得上是一位留下了不朽作品的作家。相信时间和历史会不断证明这一点。其实鄂华这一组作品早在20世纪60年代就已酝酿好，且已完成了一篇写培根的《虹》，发表在辽宁的《文艺红旗》（1962年第7期）上。这篇小说发表后，鄂华遭到了批判，被扣上了"反对个人迷信"的帽子，《虹》也被打成了毒草，这一组其他作品也随之夭折。直到1978年"三中全会"前后，在全国展开实践是检验真理的唯一标准大讨论期间，鄂华才又得以将这一组作品完成。在《虹》中，教皇尼古拉三世和他的亲信们看到培根被囚禁在巴黎修道院高塔里，在没有任何书籍和参考资料花一年半的时间写下的三大卷《大创作》时，吓得目瞪口呆。他们不能接受把"虹"这种在他们看来是"上帝的手指在天空划过的痕迹"，说成是"一种壮丽的自然现象，是雨水所反映的太阳光"。他们不能接受在玻璃镜片的作用下，"我们可以使大的东西显得很小，反过来，也可以使小的东西显得很大；使远的东西显得很近，使隐藏着的可以看见"。培根因为捍卫科学和真理说出了"要证明！要实验！不要盲从"，而遭到了宗教法庭的审判，甚至在他死去以后，他的著作也被搜集焚毁。"他的著作在黑夜中被焚烧，人们只能看到残存的几点火花。但是就从这些随风飘散的闪光的片段中，我们也能看到一颗科学巨星的难以掩盖的光辉，他超出他的时代三四个世纪。在整个中世纪，他是能在精神上接近他以后的文艺复兴时期的那些科学巨人——无论在思想能力和热情方面，在多才多艺和学识渊博方面的唯一人物。"鄂华1997年曾对采访他的香港《文汇报》记者说过："人类战胜自己的疯狂要靠理性，文学的使命是呼唤人类的良知和理性。"今天，回过头来看，正是从20世纪五六十年代到80年代，鄂华的这一系列闪耀着思想光芒的作品占据了当代文学史的一块空白。它远远超越了那些仅述说个人苦难、仅抚慰历史伤痕、仅面对眼前困惑等视角狭隘的那些明日黄花般的作品。为了盗天火给人类，为了捍卫真理，鄂华不仅给我们塑造出了培根、布鲁诺、伽利略等代表人类文明与进步的先驱者形象，同时，他的目光也关注到一个普通人在黑暗的野蛮压制中是如何为了说真话而献出了年轻宝贵生命的。这就是他饱含泪水写下的报告文学《又为斯民哭健儿——他死在上升的太阳下》。这篇发表在《长春》(《作家》的前身)1980年第4期的作品,是鄂华对发生在身边的邪恶势力所实施的暴行的控诉和声讨。

巴金先生1991年在给参加全国青年作家创作会议的青年作家题词时写道:"讲真话,把心交给读者。"当时,我们这些年轻人还不是太明白老人家这句大白话里面的含义,现在想来,这是对青年作家的一种深深的厚望啊,能做到并非易事。鄂华为他的真诚写作,也曾受到极左路线的残酷迫害。对鄂华非常了解的老朋友张笑天在怀念他的文章中,提到一段往事:"还记得当年你与我们的一位文学前辈的那场争论吗?你的言辞是那么激烈,寸步不让,一点儿不给长者留面子,我暗中拉过你的衣袖,你仍不肯罢休。过后你说,这是涉及人格和真理的争论,不是仨瓜俩枣的争端。你还说,弟子不必不如师,师不必贤于弟子。我认同你,你是对的,在那场关乎全民族命运的大讨论中,任何有良知的人都应当旗帜鲜明,只是你有时表现得疾恶如仇,甚至让朋友们为你捏一把汗。"

鄂华与张笑天、刘凤仪、芦萍能成为好朋友,并不令人意外。他与丁仁堂也是关系非常密切的挚友,其中的原因我一直好奇。两个人在有些人眼里,一个"土",一个"洋";一个写作得益于生活经验,一个写作靠"二手材料";差异明显,趣味迥异、风格大不相同。现在想来,我觉得鄂华是一个胸怀博大的作家，他既能坚持自己认准的写作道路，同时也不排斥与自己路数不同的作家。他和丁仁堂两个是吉林省 20 世纪 60 年代仅有的两个专业作家，两个人虽有时也会"煮酒论英雄"，争论得脖粗脸红，但更多的是惺惺相惜。1997 年在丁仁堂逝世十五周年的时候，我们作家杂志社组织了一次到大安"寻找丁仁堂的足迹"的全省青年作家笔会，杂志社特意邀请鄂华来参加这个主题笔会。在大安的几天时间里，鄂华和青年作家们一同深入丁仁堂当年长期生活的乡镇、农舍、渔场，与丁仁堂一起共事、劳动的一些老朋友座谈，引发出鄂华许多感慨。回来后，鄂华写下了《嫩江梦寻——丁仁堂逝世十五周年祭》。在这篇文章中，鄂华表达了对丁仁堂更深入的理解。鄂华认为不用说让与会的青年作家来读懂丁仁堂这样的前辈作家，就是自己这样的老朋友，也是在丁仁堂逝世十五周年后，有些谜团才慢慢解开。身边的文友提起丁仁堂，除了文名外，就是喝酒的名声了，甚至有时觉得他喝酒的名气更大。在别人看来，丁仁堂是个大大咧咧的人，对人总是笑嘻嘻的，感觉没什么愁事。而在鄂华眼里，丁仁堂是个情感十分细腻、内心十分脆弱的人。人生际遇与文学上的追求给这位富有才华的作家带来的一切不公和苦难，他心底里实际上并没有力量承受。丁仁堂一边长期在基层挂职深入生活，一边把自己的家庭生活过得一塌糊涂。本来开始去基层深入生活是自己创作的需要和意愿，后来成了深入生活的"典型"，家里有急事回来料理一下，也会被人诟病。尊重生活，真诚写下的作品《绿海雄鹰》，被扣上违背生活真实的帽子，遭到批判。而从虚假概念出发生编硬造的作品《嫩江风雪》却给他带来好评。连茅盾先生在《谈最近的短篇小说》的文章中都予以赞扬（当然，茅盾的赞扬主要还是从艺术技巧方面的评价）。无论是生活，还是写作，丁仁堂都充满困惑。鄂华不止一次听到丁仁堂对他说："酒简直是毒药啊！""它像马掌钉一样钉在我的脑袋上，疼得我脑袋瓜马上要爆炸。"丁仁堂不是喜欢酒，而是害怕酒、痛恨酒。实在是他内心中淤积的苦闷找不到更好的方式排解，才只能借助酒。鄂华已经渐渐弄懂了丁仁堂的内心纠结，他是丁仁堂的真正知己。当读鄂华写契诃夫晚年生活和创作的小说《樱桃园》时，我又一次被鄂华所描摹出异域作家契诃夫心底波澜的准确性所叹服。仿佛掌握了洞察人的内心秘密诀窍的鄂华，在这些性格复杂难以把握的人物面前他下笔时有足够的自信。

重读鄂华的作品，隐约还会看到博物学与文学结合的写作方式的开拓性轨迹。博物学写作大都是由自然科学的学者、动植物学家以考察和工作的方式完成的。将文学与博物学写作结合起来进行的创作，也就是自然文学或生态文学写作主要是在 19 世纪后从美国兴起，以梭罗的《瓦尔登湖》为代表。到了 20 世纪 40 年代有了利奥波德的《沙乡年鉴》、60 年代有了卡森的《寂静的春天》。中国的自然文学创作起步较晚，投入这个领域写作并取得成就的作家寥若晨星。翻开鄂华的《生命的珊瑚》，相信每一个读者都会被他的博物学与文学完美结合的写作才华所折服。作品中写到达尔文在伦敦丹恩村住宅周围的占地十八英亩的花园和树木时，那些文字真是美妙无比。

"靠近书房窗前，是一块五彩缤纷的花圃和碧绿的草地。花圃里，火红的杜鹃花，粉白色下垂的荷包牡丹，娇小的蓝色的半边莲，红色的蝶形的四季豆花……正在竞相开放，争奇斗艳。秀曼的含羞草，优雅的三色堇，妩媚的金雀花和窈窕的飞燕草，各个临风搔首，摇曳生姿。

"在这里，美丽的凤尾蝶围绕着花丛飞舞，辛勤的蜜蜂忙着在花心采蜜，连小小的蚂蚁也在地面上忙碌地来来去去。

"花圃后边，是一片枝叶扶疏的狭长林带，他给它起了一个诗意的名字：沙径。这里的每一棵树木：榛树、赤杨、菩提树、鹅耳枥、水蜡树、白桦、山茱萸、冬青，都是他在1842年刚刚迁居到这里来的时候亲手栽种的，如今已长成大树了。沙径旁边那一片蓊蓊郁郁的林莽是古老的自然林，那里生长着橡树、桦树、榉树、山毛榉，以及一大片落叶松林。它们把树冠高高地伸向天空，用密密的绿叶覆盖着大地。在它们的庇护下，嫩弱的花朵得以在它们的根部生长；在桧树中间，生长着捕蝇兰和麝兰；在山毛榉的树叶下，长出了头蕊兰和纽夏兰。那里是他散步时最喜爱去的地方，现在那里又传来了使他心醉的风声和群鸟的啾鸣，时时还有啄木鸟'哺''哺'的叩击声，给森林的合奏敲出了美妙的节奏。"

这样一大段关于花草树木鸟类的描写需要的博物学底蕴

和文学想象力是十分具有挑战性的，就是在今天我们也很少能在作家的作品中阅读到如此热爱并懂得自然、生命气息扑面而来的文字。在鄂华的心中，达尔文就是一个伟大的诗人，所以达尔文眼中的每一种动物和植物都是一个个鲜活可爱的生命。并且它们时时刻刻都在为自己的生存进行着殊死的搏斗。《生命的珊瑚》这样的小说写作需要作家对达尔文的一生的经历都充分熟悉，比起依赖虚构完成的小说难度要大得多。鄂华完成的达尔文的形象是崇高而又细腻真实的。当达尔文收到奉他为楷模的年轻博物学者华莱斯寄给他的论文《论变种无限地离开其原始模式的倾向》时，感到一阵狂喜。华莱斯的每句话，每一个设想，几乎都和他二十年来的研究结果不谋而合。面对华莱斯请他对论文判定并推荐给地质学会会长赖亦尔爵士的请求时，达尔文宁可牺牲自己关于物种起源研究的开创性成果公布的优先权，也一刻不迟疑地写了推荐信，并建议要将这篇论文马上发表在《林纳学会会报》上。达尔文的决定非同小可，鄂华对达尔文的认识和理解也非同凡俗，他发现了达尔文的心灵秘密："追求任何个人的优先和个人荣誉，对于他来讲，从来都是极其可耻的！他追求的只是真理的优先和科学的荣誉。"

鄂华能够驾驭以布鲁诺、培根、伽利略、弥尔顿、达尔文、契诃夫、居里夫人、爱因斯坦等一系列人类历史上里程碑式的人物为主人公的作品，所需要的积累不仅是各种学科知识方面的准备，也不光是要精通天文地理、物理化学、动植物学、戏剧文学等领域的研究，更需要创作者能走进他们的精神世界，走进他们的心灵。在文学意义上塑造好他们的形象与纪实性的写作是完全不同的，鄂华在当代文学史上的重要贡献我觉得主要在此，迄今为止，还没有人能超越他所达到的高度。

臆 说 王 肯

　　扳起指头数来，与王肯老师相识已有七八年之久了，之间的往来也算频繁，也算随便。但我每每见他，内心里都会涌动着一种莫名其妙的感觉。像是领受一件任务而没有完成的恐慌，又像是面对着自己崇敬的境界而感到无法接近的烦恼。究竟是什么，现在还说不清楚。

　　王肯老师是个渊博的学者，他读过清老遗少办的他山经书院，专攻四书五经，从"桐城派"大家那里，继承下"文以气为主"的创作主张。他读过伪满时期的建国大学，"开放"的办学方针，使他有机会接触到马克思主义著作和孙中山的三民主义思想，以及鲁迅、巴金的文学作品。光复后，他进入东北大学理学院化学系学习，他还经常到文学院去听陆侃如、冯沅君先生的课。到了解放区，他又穿上军装，到东北军政大学学习，不久转到佳木斯"东大"，吴伯箫和公木是这所学校的教务长，蒋锡金、杨公骥在这所学校任教。1954 年他来到未名湖畔，成为北京大学文艺理论进修班的学员。古墨水、进步墨水、洋墨水，他算蘸足了，可他还说，学者，应是永远的学习者。这意味着，在他的理解中，学者不是一种追求的固定位置，而是一种永远不知疲倦地补充自己的行动状态。

土墨水，他蘸得更透。用他自己的话来说，"我要永远吃民间艺术这口奶。在艺人面前，我始终是学生"，"民间大学是永远毕不了业的。如果同民间艺术的联系断了，我也就枯竭了"。这些认识，促使他选择了二人转这个土研究题目，促使他跟随着民间艺人们转遍了白山黑水之间的土村落，掌握了民间艺术的土调调，他也有幸成了民间艺术最重要的一位再度创造者。

王肯老师的学识和造诣，我辈只是艳羡有份，无缘效法了。

一个有趣的问题是，那么多研究民间艺术的人，而与民间艺人结成像王肯老师与他们那么深厚情谊的非常鲜见。除了民间艺术的强大吸引力之外，还有没有其他东西牵扯着他们之间的情感呢？最近我读到王肯老师记录他与这些艺人交往的系列散文，方才除疑解惑。他把这些民间艺人昵称为"关东吉卜赛人"，系列的题记就是"我爱这种人"。

他们和农民的本质不同是没有家园意识，他们敢于离开土地去冒险（这一点和闯关东的早期移民的勇气很像）。他们能歌善舞，身怀绝技，有自信心。浪漫的艺术和现实的生存之于他们是并重的，有时甚至是向艺术倾斜的。他们豪放、坦荡，他们狡黠、真诚。与他们结交要有一种力度、厚度，要碰撞，要持久。"你把心掏给他，他就把心掏给你，那心秤砣般的实，火炉般的烫。"这便是王肯老师与他们相交的极境。

在艺术、道德层次之外,这些民间艺人的自律体系中是不是还蕴藏着一种净化力量,即他们的原始规范与社会文明发展中那泥沙俱下的混浊和丑恶形成鲜明对照,构成精神抗衡,从社会学角度,对此进行考察也不乏意义。

作为师长的王肯老师,对年轻一代作者所给予的爱护和帮助也是超乎寻常的。记得 1986 年我来省里参加一个会议,中午在餐厅里吃饭时,王肯老师在餐桌上给辽源的市委书记写信,让我带回,目的是要为作家进修学院的两位学员争取工资,以使他们安心学习。一位是县城的作者,生活遇到了波折,想改变一下周围环境,王肯老师又不遗余力地设法联系,终于遂了这位作者的心愿。王肯老师有时也和年轻人进行讨论,这种讨论他不是以前辈或老师的姿态出现,而是平等的交流,他首先要求自己要尽量理解青年人,在与洪峰的交往中就是这样。用不同的眼光看洪峰,就会得出不同结论。王肯老师把自己放在老读者、老朋友的角度上,这样就有了坦诚争论的可能。他一面甘愿以绊脚石的形式出现,以迫使年轻一代作家的脚步迈得大一些;一面则希望年轻一代作家的观点在他的心灵的冻层上,炸开几道裂缝。他反对棒杀,也反对捧杀。他对青年作者的爱护,不是溺爱;他对青年作者的批评,不是斥责。在我和他的每一次长谈中尽管他没有丝毫苛责我,但我都会体味出他真挚的希望。

王肯老师家里的方厅中有一幅油画,这幅画的创作过程,他已写进那篇叫作《散步》的散文中。说这幅画是现实主义或者自然主义的作品可以，说它是现代派作品也不为过。在一块纤维板上涂上厚厚的颜料，然后穿上平时散步穿的鞋踩上去，留下一个重重的脚印，然后再用树枝歪歪扭扭地围成一个框，作品就完成了。这类似游戏的行为背后潜含着他对自己过去脚步的检索。这种检索和审视是苛刻的。明明是写过《呼玛河小曲集》那样富有感染力的诗集，他却说"写过浅薄的诗"；明明是编过《包公赔情》《燕青卖线》这等中国当代戏剧史中不可多得的戏，他却说"编过平庸的戏"。这般谦逊，绝不是故作姿态，欲扬先抑，而是因为他的心目中有一个年轻时立的标杆。谜底都藏在他的名字之中，王肯的肯是取与骨字相像的字形，取政治家林肯、艺术家邓肯的名字合起来的。他的人格约束、政治抱负、艺术追求三方面都包括在这个名字之中。由此，我们才不难破译他在悼念北大同窗好友时写下的一段话："想到的还没有做到，想写的还没有写完，回顾走过的路，脚印太浅、太浅。今后，你走了，我要数着来日迈步……"

童年生活的辛酸，在一个人的心里难免留下重重阴影，但那些苦楚、艰辛也会磨炼人的意志。有了这种意志，才可能在迈向既定的目标时，宠辱不惊，矢志不移。按说，王肯老师对于吉剧的建树可以称得上是大功告成了。它从无到有，从粗到精，使中国戏剧种类中增加了一个新剧种。它已立足吉林，震惊京城，饮誉海外，轰动东瀛，对民族文化的发展有了新贡献。可王肯老师却没有感到满足，也没有想松一口气。他不但自身这样要求，还担心同行们不够清醒，常讲些"思危与思变""冷暖应自知"之类的戒言。他的笔也不知停歇，吉剧中缺少什么东西，他便设法补充什么，有了武戏还不够，他又写了手绢戏；有了手绢戏还不够，他又写水袖戏。光有戏、有剧本、有演员还不够，他又将多年的艺术学习和实践归纳成理论，于是就有了一本洋洋洒洒二十多万言的《土野的美学》。

一个人要把精力集中起来，需要进入一种境界，五花八门的世俗社会诱人误入歧途的机会无时无处不在，即便是饱经风霜，尝遍酸甜苦辣的过来人，有时也可能被一些杂念纠缠不休。耐学术之寂寞，就需要对外界与学术无关的影响隔绝，耳净、眼净，才可能心净。

柯灵先生在《墨磨人》序言中写下这样一段话："文字生涯，冷暖甜酸，休咎得失，际遇万千。象牙塔，十字街，青云路，地狱门，相隔一层纸。我最向往这样的境界：只问耕耘，不问收获，清湛似水，不动如山，什么疾风骤雨，嬉笑怒骂，桂冠荣名，一例处之泰然。但这需要大智、大慧、大学问，不是随便什么人能够企及的。"我认为王肯老师已经入了这种境界，不知大家以为然否？

草白与"陌生的"青鱼街

——读草白的《在青鱼街》

可以说每一个生活在城市中的人身边都会有一条草白笔下的青鱼街，只不过我们往往是对它视而不见、熟视无睹罢了。即便你是一个写作的人，这种情形也会在你身上发生。因为你更知道在青鱼街上能看到的东西很难与别人看到的有什么不同，即便如此，又有什么必要把精力浪费在这样一条谁看了都会腻味的街道上呢。然而，奇迹都会在你想不到的地方发生。《在青鱼街》仿佛所挑战的正是我们这些已有的生活经验。不知有多少人会在《在青鱼街》这个题目下错过与它的相逢，就像是与一位穿着太普通的美女擦肩而过。一篇散文的题目敢起得这么平常，或许正是体现着作者的充分自信。通常散文的题目可能都喜欢弄点儿玄虚，隐含着一点儿招徕，这虽无可厚非，但还是会暴露出作者的不够从容淡定。

《在青鱼街》的开头选择了一个不同于惯常的观察这条街道的时间，而作者只有在一天中的日落时分，才有打量它的好奇之心。黑格尔说："只有在天黑以后，密涅瓦的猫头鹰才会起飞。"作者为什么只有在这样一个特定的时间才会有好奇之心产生，也正是作为阅读者随之而来的一个"好奇之心"。作者在悬念乍起之时，唯恐把读者引向歧途，马上就与你分享她的新鲜感觉："日光逐渐隐退，晚霞绵延出一片极壮观极淡远的天穹，建筑楼房不再以粗重的线条压迫着我。白日里的一切，正潮水般退向那不可见的黄昏中去。行道树高耸的枝叶被古老的天空笼罩着，过不了多久，最先亮起的那颗星，就像第一次被人所见那样，在遥远的苍穹再次点亮。这一刻，只有这一刻，城市才成了蓝色星球的一点，浩瀚宇宙极其微茫的一点，孤独，纯粹，带着冥冥中的庄严感。"作者由一个特定时间将黄昏中的城市导向一个广阔的空间，清空白日里世俗的喧嚣与骚动，让人的感觉返回到片刻的宁静之中。我曾在第一次去北京时就到颐和园游览，然而因为到处都是游人的后脑勺，我完全是白白转了一天，等于什么都没看见。后来有一次晚上住进了颐和园，饭后在湖边散步，尽管是漆黑一片，但我感觉那似有似无的所在才是真正的颐和园。对于一颗敏感的心来说，作者忍不住要对夜晚略加咏叹："当你走在路上，黑夜来了；万物都在消失，而夜晚来了。"正是在这样的夜晚里："人们躲在黑夜里，就像软体动物躲在它的壳里，靠着对内心的深入观察，我们分身无数。"正是在这样的夜晚里："特别是那一类触感丰富的晚上，受制于某种情绪的感染，一切都变了，素不相识的人纷至沓来。共同的命运，人间无数巧合的结合，把他们连在一起。"由此一来，作者为写好青鱼街找到了一个自然而又奇特的夜晚情境，只有在这样的情境中，才会使平常熟悉的事物变得不平常和奇异。

青鱼街虽然离大海很远，但鱼还是有的，不过是在水族馆里。作者像拍纪录片一样，先把镜头对准了青鱼街上水族馆的红衣女主人。她不厌其烦地给鱼换水，把鱼从这个塑料盆倒到另一个盆里。这机械的动作犹如西西弗斯推石头上山一样荒诞，鱼从这个盆里到那个盆里，从水族馆到别人家的鱼缸里，但永远是鱼缸，无法回到大海。而人比那玩弄于手掌之中的鱼还可怜，人的活动范围比鱼还小，人连抵挡厄运、祈求好运都还得依赖鱼来打头阵。看得见的鱼蹦蹦跳跳、生生死死，而人有时甚至都意识不到自己的存在。柯尔律治认为给日常事务以新奇的魅力，通过唤起人对习惯的麻木性的注意，引导他去观察眼前世界的美丽和惊人的事物，以激起一种类似超自然的感觉，这便是在文本中建立文学性的一种有效途径。如果说草白不是有意识形成这样的写作观念，那至少也是暗合了这样一个重要的文学认识。

在让水族馆的红衣女主人消遁在夜色中之后，镜头对准的是写有标语的半堵蓝墙。让我们看到了墙豁口处的几缕衰草，看到被墙围着的一栋危楼。然后镜头一转，对准了在水泥墩子上常年坐着的中年男人。这个皮肤黝黑的织补者，以他的执拗的方式演化为青鱼街的一个标识，用作者的话说："他是这条街上不可替代的人物之一。"我们可以猜想，如果没有他的存在，那些不舍得轻易丢弃的质地优良的衣物找谁来修补呢？一条街可以说就是一个完整的自为的循环系统，在各个环节的功能意义上说，像织补匠这样的人物，的确一个都不能少。然而若再跳出生活表象来想，赋予他形而上意义上废墟的修补者也未尝不可，正如本雅明所言，寓言在思想之中，如废墟在物体之中。

看完一遍《青鱼街》放下后，作品形成的冲击力并没有很快消失。重要的一个原因是草白的青鱼街呈现的所见所思与我想当然以为会出现的东西远远不同，她以此在的、当下的新的感觉颠覆了人们前在的、习惯的旧的感觉。什克洛夫斯基认为，作品之所以要由特殊的手法写成，之所以要对形式与内容加以"陌生"的变形处理，目的就在于要使其尽可能地被接受者感受到。这里还包含着的微妙在于并不是简单地把生活经验的"前在性"清除得一干二净，而恰恰是要在旧酒瓶中装上新酒。草白所写的青鱼街的清洁工，一出场是"身着黄色马甲，拿着一柄长长的扫帚，沉默无息地在街上扫来扫去"。这似乎和我们印象中的清洁工没什么两样，但当作者写道："我认为他们在扫除污秽的同时，也增进了对这个污痕遍地的世界的了解"，"没有什么事情能让他们感到不耐烦，也没有什么污秽能让他们感到恶心"。这样的清洁工肯定超出了我们对清洁工的一般理解，在给定他们陌生性的同时也给定了某种复杂性，作品的多重结构也自然而然地构建完成。"一座无论多么繁华、奢靡、不同凡响之城，在他们眼里不过是荒原，垃圾场，物资生活的废墟，这是一个荒诞却异常准确的结论。"显然，到了这个层面，此清洁工已非彼清洁工，他们已上升为人类社会精神世界的清洁者。写到青鱼街上的流浪者，草白也能够在具体描述中，带出这样的句子："灵魂放弃了挣扎，而肉体还在挣扎，这完全是肉体的错。"从这样一个角度来评价这些"被世界扔出的垃圾"，的确令人惊异，相比灵魂和肉体还在双重挣扎着的我们，他们反倒是解脱了，逃离了苦海，或许还要羡慕他们几分也未可知。

在写青鱼街的那对盆栽植物推销的夫妻俩时，我们领略了他们的销售智慧，也破译了这些策略不过是建立在人们的空虚精神之上才大行其道的。而那棵活了二百七十年的银杏树在重重挤迫中仍能顽强地向上生长，街上的人们完全被它的力量所震慑。经过如此对比，人们不能不对日常生活加以审视，什么是真正的活力？什么是原始的生命力？乃至怎样做得到不要过分异化于自然，都是不能回避的现实问题。作者不愿意兜售任何抽象的概念，马上让懵懂单纯的孩子们出场，他们的叽里咕噜，他们的手舞足蹈，他们的天真烂漫，就是我们应该找到的散佚已久的歌谣。《在青鱼街》全篇的文字中，应该说只有写到孩子们时，才触摸到作者些许的情感温度。这是作者写作时的有意控制，尽量与这条街上的人与事都保持一定的距离。通过距离的掌控，形成若即若离的状态，在有限的观察视角中，构建文本的开放空间。看到那个手指熏得蜡黄的香烟店前迫不及待点燃香烟的男人，除了他的举动的几个特写，我们并不知道他更多的人生悲喜，但他的癖好、他的神经质、他的欲望都在这简略的描述中透露出来。那个拉二胡卖艺的人所获得自由的方式，正是人与这个世界关系的一个悖论。推着轮椅上的老人穿街往返的男人，是很容易被当作煽情的部分书写的，在草白的文字里，它却是所有人某次无意撞击时留下的伤痕在隐隐发作。

青鱼街上还有《清明上河图》中有的其他店铺：服装店、包子铺、理发室、馄饨店、水果店，当然最多的是杂货铺。不过作者无意提供一丝具有风俗意味、土特产化的街市画卷，而是以一个冷静的旁观者的视角，尽可能地揭示出现代人无着的精神状态。最具特征的画面是杂货铺无所事事的女店主，一边嗑嗑吐吐地嗑瓜子，一边依赖墙上的电视机盒子来打发无聊。在青鱼街，哪怕是鱼缸里的鱼、花盆里的花，经过了草白这个魔法师的手，也都具有了某种寓言性和符号性。就连那野猫一家子的出没，也使那栋矗立在青鱼街头的高大的烂尾楼有了巨幅漫画的效果。

行文至此，草白所写的青鱼街给我们的感觉是亦真亦幻，恍恍惚惚，既十分熟悉，同时也十分陌生。可以把它当作是哪个城市中真真实实存在的一条小街，也可以视它为所有的城市任何一条街道的缩影。青鱼街上的三教九流，各色人等的光怪陆离，既是每一个个体命运的写照，也是这个世界上所有人共同的窘境。也正是在这个意义上，作者赋予了青鱼街由特定转化为普遍的存在价值。"这街上发生的事情照例没什么新鲜的，它们无不在别处发生过了，又转移到此重新演绎一遍，在一场罕见的大雪之后，这一切，很快被覆盖了，掩埋了，一切都过去了。"欧阳江河在北岛诗集《零度以上的风景》的序言中，说过这样的话："不是发生了什么就写下什么，而是写下什么，什么才真正发生。换句话说，生活状况必须在词语状况中得到印证，已经在现实中发生过的必须在写作中再发生一次。"我想，借用这句话来理解草白的《在青鱼街》也非常合适。

词汇就是一切

——试读邓万鹏的一首诗《这里》

　　万鹏是少数几个令人敬佩的，至今仍在坚持先锋立场的诗人之一。因此万鹏的诗并不多么引人关注就是十分自然的了。本来我们的诗歌基本上就是在圈子里打转转，何况他又总是不停地痴迷于诗歌的文本实验呢。费力不讨好，这是先锋诗人为了获得"先锋的自由"必须偿付的代价。不管是顽固的老先锋，还是稚嫩的新先锋。前些日子旭旺兄发来一组万鹏的新作，嘱我写点儿什么，当时未及细想就应了下来。真到面对万鹏的作品时，不免感到困难重重。万鹏诗中的信息量太大，常常令人目不暇接，甚至会感到有些晦涩。想来想去，不得不偷点儿懒，我看读读万鹏的一首诗就够旭旺给的规定字数了。那就"擒贼先擒王"，奔开篇这首《这里》来置喙吧。

　　《这里》应该是万鹏在 2010 年参观西班牙巴伦西亚现代艺术博物馆馆藏品中国巡展后写下的一首诗。那年借世博会之机，难得的一场巴伦西亚的艺术展来到古老的中原城市郑州。这场艺术盛宴带来的冲击波即便对于已经开放了三十年的中国仍能形成震撼。表面上看《这里》有点儿像是一篇参观展览时有些漫不经心的记录，但细加品味，却觉得意蕴无限。那里和这里，欧洲和亚洲，西方和东方的艺术光辉交汇于此，人类所面临的各种精神困境也都呈现在此。

　　　　艺术家带领他的星球来到这里在一座展览大厅
　　　　我们见到那位留胡须的西班牙男人　他的烟斗
　　升起 1962 年的烟
　　　　保罗　毕加索　你的墨水在呼吸
　　　　巴伦西亚狂风

　　这里是哪里呢？就是诗人正处在的地方，城市的一个展览大厅。这里发生了什么呢？一批艺术家来了，带来的是他的星球。星球是何物呢？至少对我们来说，是惊叹、是陌生、是需要瞪大眼睛看个究竟的稀罕吧。诗人先带我们一起看到的是毕加索的《留胡须的西班牙男人》。看着，看着，那个留胡须的西班牙男人，他的烟斗中就看见有烟雾升腾了，而且烟雾的年份就是画家作画的年份——1962 年，接着再想见的是毕加索的墨水在呼吸巴伦西亚的狂风。毕加索 1956 年见张大千时给张大千看过他临摹的齐白石的画，毕加索认为齐白石是他敬佩的艺术大师。这幅画中的墨水除了呼吸了巴伦西亚的狂风之外，是否也呼吸了东方中国齐白石的墨意呢？艺术品是活的生命，它需要有能欣赏的眼睛和能交流的心灵来把它从沉睡中唤醒。但这种唤醒只能从感受出发，昆德拉说过："从来我都深深地激烈地憎恨那些想在一件艺术品中找到一种态度（政治的、哲学的、宗教的，等等）的人们，他们不是去从中寻找一种认识的意图，去理解，去捉住现实中的这个或那个外观。"

埃尔南德斯说　一条蛇听见了光的召唤　挣扎
扭动卷曲一个愿望抬起头

如果说在第一节诗人带我们看到的是毕加索作画时的情景，现在诗人直接让艺术家把他的作品讲述给我们。埃尔南德斯的《外面》被诗人赋予的意象颇耐人寻味，冷血的爬行动物听见了光的召唤，开始挣扎扭动身躯，一个愿望抬起头，何止是一个愿望会抬起头呢！所有的愿望在条件反射下都特别容易萌动。但就在向一个目标挺进的时候，挣脱也没那么简单。铁这时从一种材料变为了一个隐喻，让人感到限制和困难。可即便如此，铁也用另一种超出坚硬刚直的铁的常态的事实，成为活灵活现的曲曲弯弯的蛇，代表着欲望的强烈比钢铁还顽强。当作为观者的我们离开这个作品后，回顾的时候，还看得见那种愿望是不会停顿下来的。

到了第三节，诗人的思路从受伤的鸽子开始移动到人类的灾难战争方面，鸽子的形象由想象的状态一眨眼便向构成材料的方向退化，人类的祈愿鸽子是无法承载的，最终它的翅膀和身体分离，羽毛也由布满窟窿的筛子转化成一张沉重的网，由网自然又想到了鱼，可突然又让鱼变成了鱼雷以至炮弹，这是一种子弹的速度。这样疾风骤雨般的转换节奏，仿佛就如战火的蔓延一样，迅速而不听凭理性、良知。带着我们怎么办的永恒性疑问，观者的目光落到了布兰萨的作品《乞求》上面。数十年来，尽管没有世界大战发生，但世界从未太平，局部战争始终存在，这是人类无法遏制的情况。

诗的第四节中，胡里奥·冈萨雷斯·佩利赛尔在二战期间创作的《举起的右手一号》，让人看到的更是触目惊心，一只生锈的手举起来在抗议，它来自翻滚的泥土，可见抗议是植根于大地的，是和地球上的生灵相关的。在诗人看来这只右手举起的既是战争中的大爆炸，也是有关人类生存和毁灭的所有问题的大汇总。现实中人的器官已都像这只手一样残缺不全，甚至退化到有蹼的时代。而从《帝国之上的三朵云》中，诗人看到了人类历史残存的幽灵仍在今日世界的上空徘徊，权力的主宰者眼睛是被蒙蔽着的。诗人只好在跟随艺术家纳迪威尔特·纳瓦隆赶紧去寻找良心的影子。可在这件装置艺术作品中看到的图景更加可怕，人的心脏正被锈蚀的钢管穿透，良心或者良心的影子都是模糊不清的。至此人们似乎只能是充满绝望情绪，看不到转机。诗人却站出来说：

> 更多人穿越几个世纪　最后被良心发现了——
> 在学校的操场旁　或居民区
> 像单杠的金属架一样　实在　沉稳　挺拔

扎进大地　并且离我们很近

　　注意在这里诗人不是说发现了更多人的良心，而是被良心发现，且这些人在哪里呢？在学校的操场旁或居民区，这样的处所代表的人群无非是孩子及普通人，这也恰与成人世界或上流社会构成反差。这时那扎进心脏的钢管好像被重新安排了一次，那像单杠的金属架一样实在、沉稳、挺拔，扎进大地的提示物离我们很近，这样的距离构成了两种力量的对峙状态。

　　第五节，随着脚步和目光的移动，诗人的思绪又转到罗蒙·德·索托·阿兰迪加制作的沉默和寂静这两扇门上，诗人把它看作是两页打开的书。在这里发出的声音和没有来得及说出的话，都变成含有禅意的作品的组成部分，使你分不清生活与艺术之间的界限在什么地方。阿兰迪加是要通过这个作品向那个把音乐当成"无目的的游戏"的音乐家约翰·凯奇致敬，诗人在这里是在向他们表示双重的致敬。寂静由声音的感觉轻而易举地幻化为色彩，甚至还可以在寂静中抓住世界的形状。而世界的形状会是什么样子，那只能是靠无中生有了。然后又回到简化了的现实之中，打开门或打开书，也可能还包括打开我们。由沉默到寂静，这一切都是一种程序，由程序之间的关系联想到杜尚的下楼梯的女人——那个多重影子叠加的画面，似乎又把程序的清晰解构为模糊。这一节的结句颇为奇妙，寂静不仅不允许用声音破坏，也排斥视觉的介入，只有这样才可还原为最初的寂静。

整首诗的最后一节只有一行，在这一行诗中，显然是在描述看过展览后的诗人在归途中的情景。天在下着小雨，可诗人却把这雨称之为小型的雨，一定要强调平时往往被忽略的雨滴一种形状感，似乎这雨也是上天创造的一种艺术品，它所落到的地方则是具体确凿的城市的一条著名的街路。嘭嘭的敲打声也因为车篷的呼应而被突出出来。诗人离开了这里，但是将艺术引发出来的所有感觉都已融进内心。时空上的变化，并没有中断艺术的继续感染和发酵，就如同那辆诗人所乘坐的车一样，在雨中行进着，交织着。巴特说，任何文本都是互文本。在这里或那里，艺术和诗歌形成互文，想象和现实形成互文，艺术中的他者和现实中真实的我们也形成互文。这里就构成了一个由多元因素组合的一个错综复杂的复义的文本世界。

布拉克墨尔在分析史蒂文斯的作品时说："阅读史蒂文斯的诗，你只需要了解那些词的意义，并且服从那些诗的条件。在这样的复义中，存在着一种更加精确的精确性，因为它非常紧密地依附于那诗的原料，倘若把它与原料分开，便失去了任何意义。"谈到史蒂文斯的《十点钟的幻灭》时，布拉克墨尔知道人们的阅读会产生疑问，他针对这首诗说："从字面看，诗句中没有令人惊骇的东西，没有任何复义，这样来安排诗句，它们表面上看起来似乎没有意义，却使各种各样可能的解释都变得可怕而明显，没有意义所带来的震惊和它所有的长处，是它迫使我们用发现每一短语、每一意象、每一字眼实质中的严重复义性这种方法，去仔细琢磨词汇。词汇越简单，复义便越给人以深刻印象，越确定无疑。我们沉睡的知识，一半都没有意义；而一旦写进诗里，知识便苏醒了。"这样的境界，也正如万鹏的诗句所说："那里就是这里，世界捡到了丢失很久的收据。"

郊区的独白

——读路也《城南哀歌》

你的时刻已经到来；

诗的痛苦和黑夜的独白。

——贝恩《诗歌》

在阅读《城南哀歌》时，我在想路也的作品为什么不会轻易被浩如烟海的新诗所淹没呢？这首先应归功于她的诗无处不散发着一种真诚的力量。她不回避内心的矛盾，不会掩饰自己来源于身体的快乐与痛苦，甚至还时常会有一种向死而生的冒险精神，奋不顾身地迎着那弥漫着的绝望情绪而上，在生命的悬崖绝壁上且歌且吟。路也虽然无意于倡导某种诗歌理念，但她的诗还是为直抒胸臆的一脉证明了不可忽略的意义。若干年来，在我的潜意识里常常会将真诚与简单混淆，将深刻与晦涩等同，在理解诗歌的各种歧途中迷失着，徘徊着。其实，这都是中了一些条条框框的毒，读路也的诗等于是服用了可以排毒的一剂绿豆汤。

偶然间我看到了路也写的一篇文章——《郊区的激情》，这篇文章对理解路也的《城南哀歌》大有帮助。看了这篇文章你就明白了何谓"城南"，那是指济南城外一个叫八里洼的地方，也就是诗人的居住之所。路也曾有一首诗《在八里洼》，写下了她在亚洲、在中国、在山东、在济南、在八里洼所获得的某种"幸福感"。城南——既不是城市，也不是乡村。在那里既可以看到山脚下城市照亮夜空的灯火，也可以看到大片的森林和田野。这样一个独特的地理空间，使路也忽然发现了一个特殊的写作坐标。在城市与乡村之间，在人类社会与原生态的自然之间，在历史与现实的时空交错之间，不正是自己作品切入人生的最特别的角度吗？城南——是路也诗歌出发的故乡，也是她诗歌走向的一个归宿。一些时候路也就像一只站在树枝上吟唱的夜莺，而城南就是这只夜莺的老巢所在。或许基于诗人童年时期形成的漂泊感，导致路也的诗大多都会给出确凿的地理标识，如《美利坚》《木渎镇》《江心洲》《去燕子矶》《在临安》《在泰山下》《在黄河边》《在白洋淀》，等等，就是写到身体，她都得用《身体版图》这样有地理意味的题目，仿佛不给定一个地理方位诗就很难写得下去。《城南哀歌》也是如此，要先确定在城之南，才可以写下"哀歌"。

　　应该说有四百多行的《城南哀歌》是一首规模不小的长诗，诗人把城南作为贯穿始终的线索，放纵自己的情思，穿越过去、现在与未来的藩篱，跨越内心与外界的鸿沟，探究生存与毁灭、自然与人类的诸多困惑。美国诗人威尔伯在回答一首诗是写给谁的这个问题时说，一首诗是为缪斯而写的，而缪斯的存在就在于掩盖一首诗不是写给某人的这个事实。德国诗人贝恩认为诗诞生于空虚之中，诗是独白。《城南哀歌》可以视为一个孤独散步者的遐想，也可以说是一个诗人站在郊区的独白。

《城南哀歌》甫一开篇就把自己融入自然的天地之中，物我两忘，"念天地之悠悠，独怆然而涕下"。尽管心向往之地要把自己融入广袤的自然之中，但无奈其血肉之躯还是无法滤掉世俗的羞耻感、渺小感。由人及城，及人类的所作所为，不过是一场虚幻盲目的追逐，到头来"不知所获为何"。一种对自身、对城市乃至对人类的哀叹便不由自主地吟诵出来。在舒缓的节奏中，一个人到中年，居住在城市和乡村的边缘，整天除了读书写字，就是胡思乱想的孤独的诗人形象已清晰可见。

坐在城南的山坡上，诗人"遥望山峰庞大的额头，遥望上方的青天"，孤寂恍惚中不再是时间的囚徒，也不再为世间的规矩所束缚。几个洞开的空坟和"从死者胸膛上生长出谜语般的杂草"，就像是对人的生命在宇宙洪荒中的短暂的一种注释。可怜的人，人生苦短也罢，更可悲的是，就是这转瞬即逝的百年，"一个空了的躯壳，又以陷阱填充，空而又空"，"肉身捆绑我，限制我，定义我"，不过是日复一日在那推石头的西西弗斯。在深渊中就是遇到了陶渊明，眼神里也只能是流露着绝望。世外桃源是美丽的乌托邦，这无须赘言，坐落在半山腰的一座古寺的废墟所言说的同样是苍茫和虚无。诗人把这些本可用来救赎的绳索决然切断，不给自我欺骗留下丝毫可乘之机。接下来思绪从终极性的追问又回到对自身处境的观照。选择安家城南这一特定处所，诗人曾或有过一丝自得。可是此时那种自信已不复存在，城南不过是"积木搭就"，在城南虽不会遇到大风大浪，但还会"小河沟里翻船"，在这里让人窥视到的是一个渴望交流又恐惧交流、寻找知己又排斥他人、充满欲望又压抑自我的撕裂人格。无可奈何的诗人只能在文字游戏中悲壮地抵抗虚无，让纸上的攻城略地来代偿人生的光荣与梦想。问题是诗人并不能长久地痴迷在写作之中，稍一清醒，便意识到自己的人生是多么荒谬，不知不觉中已由一棵无花果树退化为一段木料，所谓的奋斗不过是为了伟大的零。他人即地狱，这是诗人获得的最强烈的人生感受，甚至为此要谢绝一切来自社会的联系。

在《诗歌腌渍的果脯》一文中，路也说："写诗就是到悬崖边上去采花，发扬'左'倾冒险主义精神，排斥中庸、右倾机会主义和投降主义路线。在节奏的原则下，喜欢有极致的想象力和充满力比多的诗歌。"显然，力比多也是路也诗歌写作不可或缺的元素。在反思自己的日常生活时，她的思想对她的身体表达了一种歉意："我不该如此暴烈生猛地 / 对付手无寸铁的日常生活。"那么怎样才有可能重建内在的秩序呢？这对诗人而言并非易事，只能途经炼狱，涅槃重生。

要恢复健康，先大病一场

要灵魂得救，先厌弃今世今生

要蒸蒸日上，先得破产

要聚首，先要生离别

要刻骨铭心，先挥一挥衣袖而去

要获得本质，当先给虚幻让路

要复活，必须先死去，涂上香膏裹上布，葬入
坟墓

等待一个声音喊着我的名字，说："出来——"

《城南哀歌》写到这一节将情绪推向了极致。在质疑日常
生活中的自我时，诗人至少敢于颠覆过去。可如果要再把自己
以为是扎根城南的一棵大树也连根拔起的话，那恐怕是难以接
受的。尽管诗人已怀疑自己精心构建的城南的意义"为何聚于
此？等石头开花还是等柏油路发芽"，但诗人仍不愿从梦中真
的醒来"请不要告诉我：城南是一场大梦"。作为思想的巨人
的她其想象世界继续伸展，"寂然凝虑，思接千载，悄焉动容，
视通万里"，然而她的身体则正向相反的状态萎缩，直到退却
到人之初。一个早产儿预示着自己来到世间就开始错位，幼年
丧父，自己却用想象让父亲继续活着，超大的肺活量，和常人
完全不一样。童年的无拘无束，青少年时期的叛逆，乃至到了
中年的执拗与孤寂，这些搜索出来的轨迹，无一不在强化出诗
人是怎样的踽踽独行。在城南既然这样与世隔绝，那就忽发奇
想，"想沿着家门口窄小的柏油路／一直走到天上"。得以望见

上帝，直接向他发问。当然，这样的场景也不过是一种幻觉，把上半生积累的所有疑问都交给上帝，答案仍是一片空白，下半生的路，阳关道也好，独木桥也好，只能自己确定。

从此只爱——孤寂
只跟它惺惺相惜

这就是诗人的抉择，躲进小楼成一统，管他冬夏与春秋。一直向后撤退，回到原来，返璞归真，"向生活缴械投降"，这不是最后，最后是一场浩荡的返回，返回到时空之外。诗从"城南"写起，又写到"城南"结束，无论如何，诗人此生和"城南"已结下不解之缘，可以说只有在"城南"，"孤单中有亮，有吹拂，有依有靠"；也只有在"城南"，才总是有抑制不住的冲动，"呼吸凌乱，充满萌发的意念"。"城南"在平庸时代里，是诗人的全部所系，是一个不断升高、不停创造的永恒家园。

卡夫卡在他的一则日记中写道："无论什么人，只要你在活着的时候应付不了生活，就应该用一只手挡开点儿笼罩着你的命运的绝望……但同时，你可以用另一只手草草记下你在废墟中看到的一切，因为你和别人看到的不同，而且更多；总之，你在自己的有生之年就已经死了，但你却是真正的获救者。"《城南哀歌》总体说来就是一首"失败"之诗，同时也是一首获救之诗。

喻言的诗歌回归之旅

作为 20 世纪 80 年代活跃的大学生诗人喻言，在沉寂多年以后，又重新开启了他的诗歌之旅，此举让熟悉他的诗友们在钦佩他冒险之勇气的同时，也暗暗为他捏了一把汗。大家知道，80 年代巴蜀诗歌的火爆曾令全国各地的诗人艳羡，不论是在庙堂，还是在民间，到处都有说着地方普通话的四川诗人的身影。想当年在西南师大中文系读书、竖立过新古典主义大旗的喻言，便是这个群体中的一员。岁月蹉跎，昔日的景观不可复现，真正能从各自改弦易辙后、身体略显发福的状态中返回到诗歌领域的人寥若晨星。喻言的回归，给了那些还没有忘记这个名字的诗友们一个惊喜，也勾连起关注他创作的人，去再度发现他早期诗歌中那些隐藏的秘密。喻言 1988 年写下的一首短诗《鸟》中，或许正因其解读空间疆界模糊，才会给读者带来无尽的联想和猜解。"天空中飞翔的鸟儿 / 我在陆地上行走 / 同你一样自由 / 还可以用弹弓打你"，这样的"喻言（寓言？）"，它的缘起，与其说是源头性的创作，不如说它更接近互文式的写作。作者在《夏天》一诗的结尾处写道:"其实我所有的文字前人都已写过,我仅仅换了一种方式把它们重复。"但就在这所谓的重复中,隐含着对朦胧诗在崛起过程中形成的某种审美定式的警觉和批判。当许多人沉浸在朦胧诗带来的审美冲击时,喻言却意识到"天空""鸟儿""陆地""自由"这些词语已被关进了朦胧诗的语言囚牢,如果不打碎这个囚牢,未使语言的建构能够成为敞开的所在,沿循这样一种诗歌美学前行,一定会走进一条死胡同。喻言对朦胧诗尚处巅峰时显露出来的艺术弊端在那时就能采取批判态度应该说并非易事,这种情形在当代诗歌史上,与韩东的《有关大雁塔》对杨炼《大雁塔》的颠覆异曲同工。把《鸟》这首诗和《大雁塔》中的诗句对比一下就一目了然了。杨炼在《大雁塔·思想者》写下了赋予"天空""鸟儿""自由"等特定意念的诗句:"我的心被大洋彼岸的浪花激动着 / 被翅膀、闪电和手中升起的星群激动着 / 可我却不能飞上天空、像自由的鸟儿 / 和昔日从沙漠中走来的人们 / 驾驶过独木舟的人们 / 欢聚到一起 / 我的心在郁闷中焦急的战栗。"显然,喻言的《鸟》与杨炼的《思想者》隐喻式的激扬表达截然不同,《鸟》做的是要把"天空"还给天空,把"鸟儿"还原为鸟儿。喻言只用几个极其简单的句子,就等于是完成了一场不小的诗歌革命。要使"天空中飞翔的鸟儿",就是天空中飞翔的鸟儿,而不是别的什么,喻言把"我"与鸟儿进行一番对比,由于"我在陆地上行走",这是日常得不能再日常的行为,你还怎么让它承载"象征"、成为"隐喻"呢。这还不算，喻言接下来，进一步袒露我的心理活动："同你一样自由"，此自由非彼自由，此自由即没有"隐喻"的自由本身。《鸟》写到这儿也可以结束下来，可喻言觉得还不够解渴，其结句让人更为惊奇，"还可以用弹弓打你"一句，把那些可能还残存的"象征""隐喻"之类的劳什子扫荡得一干二净，不留一丝一毫的幻觉。可见喻言的《鸟》不仅是到解构为止，而且是将反讽、戏谑的方式融入诗中，具有了比调侃还强烈的恶作剧效果，这种对朦胧诗的叛逆倾向与第三代诗人出道时的主张和谱系中"弑父情结"不无关联。

喻言作为站在这样一个叛逆起点上的诗人，在20世纪八九十年代之交短暂地爆发之后，就游离了诗坛，个中原因或许是复杂的。近几年的回归，至少能够说明一点，在喻言自己看来，无论写，还是暂时的停笔，他一直是一个诗人。或许正是在停下来的这个阶段里，他对如何写诗有了更多个人的自觉。如何疗救深陷消费主义陷阱中的人们和自己，喻言的自我解剖和解剖社会同样严酷。在他的笔下，"这个时代容不下甜蜜的爱情 / 生命中的糖分早已饱和"（《糖尿病时期的爱情》），而以唯一的武器就是钞票来猎取到的东西只能是一场虚伪的游戏。金钱的占有常常会演化为一场噩梦，"有多少捆钞票堆满房间 / 我只能在钞票的缝穴中 / 找到床的方向"（《噩梦》）。连偶遇的朋友，也让他感到了陌生，"我的朋友迎面而来 / 带着一脸陌生的微笑 / 像个人物或者别的什么东西"（《偶遇》），生活中那些真诚、朴实、单纯的成分都完全被扭曲，使诗人无时不意识到"我们必须活得像病入膏肓的正常人"。当年，喻言把诗歌放下，内心是十分痛苦的，如今再重新捡起来，仍是十分煎熬的。早年理想主义之梦破灭后的阴影还未等消失，现实生活的荒诞感就已经接踵而至。诗人内心的愤懑不可能找到什么好的排解方式，似乎再回到诗歌中是唯一的途径。以诗歌来观照现实，喻言的早期诗作已见端倪，如《细菌》一首，从微观切入，通过探寻细菌的侵入以及如何击败貌似强大的人体过程，来表达无以抵抗的失败感。这种失败感是在"你"的切身感受中，慢慢地击溃你。"小东西，如今我已感受到你 / 就停在我的肝脏和肺叶上 / 轻轻蠕动慢慢吞噬"，这种清醒是残酷的，也是最难忍受的。到了 2000 年以后，喻言对现实的批判视角进一步打开，融入了更多的社会因素。为避免使这种批判让人感觉是隔山打炮，喻言总是尽可能从生活的犄角旮旯挖掘出被人忽略的病灶。他的诗中，以下跪的方式卖花的男孩儿、女孩儿，已经把令人同情的乞讨变成狮子大开口的胁迫和打劫，面对自身已经是被侮辱和被损害的对象，在如此境地里却还辱骂善良的施舍者，这样的情形使诗人无言以对，人的异化已到了无可救药的地步。正是这些纷至沓来的打击，才使诗人无比痛心地喊出："这个有病的时代，没病是一件多么荒唐的事情。"经历过直面现实的呐喊之后，冷静下来，喻言意识到诗人的角色并不是拿着手术刀来疗救社会疾病的医生。他反思自己的前一段写作是"在人间耗费了太多的才气"，诗人不过是拿着过期护照的天使、"流落尘世又与尘世格格不入"的人。由于过于强烈地投入现实，诗人那些急切的思想很快就成了燃烧过后的灰烬。此时，站立在一片废墟之上，苍茫与孤寂反倒给喻言的诗带来了意想不到的诗意。看这首只有四句的短诗《乌鸦》向后退得多么彻底："我看见一只乌鸦／然后是一群／布满冬日结冰的湖畔干枯的树枝上／远远望去，像落叶的幽魂／整个世界只剩下一副空荡荡的骨架。"过于贴近现实的时候，诗意一不小心就会淹没在现实的汪洋大海之中，当诗人回到自己的位置上，再写出的诗句才能抵达诗神的岸边，才会诞生只能意会不可言传的诗意。如果谁来问这首诗写了什么，那我选择把它读一遍来给你听，我想这就足够了，读陈子昂《登幽州台歌》谁还需要一句多余的解释呢。喻言把这一阶段写下的诗命名为"纸上的君王"，显而易见，这是在宣告诗人再一次撤退，退回到"纸上"，退回到文本之中。可那怀揣的风暴与惊雷仍需一点儿一点儿安抚，为能做一个局外沉默的观者，诗人在自己封闭的一块天地里充分释放内心的郁闷，"在马桶上写诗""在文字的国度里骄奢淫逸""给山岳赐名，让江河改道""我说落日，大地就铺满霞光，我说春天，天空就涌现回归的雁行"。就是这样他让内心的豹子在内心的囚牢里横冲直撞，结果只能是另一种方式的遍体鳞伤。《失眠》是喻言这个阶段的艺术高峰，也可以说是他诗作中的精华。阅读喻言诗的经验在不断提醒我，他的好作品往往出现在每一场刻意爆发之后的心绪平静之时，一旦携雷带电，常常是伤敌一千，自损八百。

仔细搜寻诗人的创作轨迹，不难看出喻言漂泊的心灵始终在寻找着一个归宿。起初看到他近期名之曰"舌尖上的诗歌"这个创作板块时，还觉得是不是脱离了他诗歌创作的整体，是诗人创作兴趣的一次偶然转移，慢慢地才体会出这部分正可能是他多年写作的皈依之处。"诗人的天职是还乡"，"舌尖上的诗歌"出产自海德格尔所说的"家园炉灶"。海德格尔在谈到荷尔德林的《返乡——致亲人》一诗时说："故乡最本己和最美好的东西就在于：唯一地成为这种与本源的切近——此外无它。所以，这个故乡也就天生有着对于本源的忠诚。""返乡就是返回到本源近旁。"而"唯有这样的人才能返回，他先前而且也许已经长期地作为漫游者承受了漫游的重负，并且已经向着本源穿行，他因此就在那里经验到他要求索的东西的本质，然后才能经历渐丰，作为求索者返回"。正因为如此，喻言诗歌从未有过的语言狂欢在"舌尖上的诗歌"中出现了，一道回锅肉，"钩住 48 年的味觉人生""钩住千里之外的寡淡灵魂从不迷失"；一道麻婆豆腐，成了美色与历史、动物与植物合谋演绎的一段传奇；一道辣子鸡，会让人体悟到美食的理想和其他理想一样婉转迂回；一道东坡肘子，会让人懂得兼济天下的理想怎样还原成故乡的一道菜肴。那故乡的厨师在喻言的笔下也是满身神功，"他是案板上的里尔克，快刀如闪电 / 每一片五花肉都切得肥瘦均匀、厚薄恰到好处 / 自然、简洁、直达本质 / 他是灶台上的博尔赫斯，颠勺的功夫出神入化 / 每一盘回锅肉都色彩斑斓、香气扑鼻 / 博大精深、回味无穷"。重返故乡，既然是灵魂之旅，那就还要有时间上的同步穿越。诗人在《绿茶》中写道，当"一片嫩芽粘在舌尖上／少女的青涩就爬满味蕾／此时此刻，我只能紧闭双唇／把倒流的时光关在体内"。实际上类似的感觉在写《端午》时，诗人已有所流露。"我更愿意今天（指端午）仅仅是／对农耕时代一种美食的念想"。由隐喻后退不只是观念问题，由现实返回故乡也不只是时空的轮回，而恰恰是对诗歌本质的真正接近与抵达。应该看到喻言在重返故乡带来的语言狂欢中并不是单纯的快乐，而是热烈与痛快中藏匿着无法诉说的忧心，"吃下去一种美／内心就多一重罪恶和羞愧"（《脆皮乳鸽》），"醉，麻木不了你的痛／也消除不了我们的恶"（《龙虾刺身》）。这些沉重的思虑，暗示出重返故乡不单纯是味觉、氛围乃至记忆的再现，更重要的是要让心灵在洗涤中获得真正的澄明，可这并非易事。或者说，这种对故乡的抵达是诗人永恒的向往。

"他比一般诗人更富于哲学性"
——伍雪涯诗集《什么都不像》序

一个十一岁的孩子把诗写成这样，不能不让人感叹唏嘘。以往也曾看到过一些儿童写的诗，大多是以天真取胜，而伍雪涯相当特别，一出手就是一个小博尔赫斯。诗集的名字《什么都不像》先给读者打开诗的阅读空间，提示你这里的诗歌不是以闭环的方式去读的，而应该尽可能地调动你的想象力，让想象力自由驰骋，无边无际。波德莱尔说过："想象力是真实的王后""没有它，一切能力无论多么坚实，多么敏锐，也等于乌有""由于想象力创造了世界，所以它统治这个世界"。

我们来看他的第一首诗《闪电》：

闪电无处不在
当它击在大海上时
海水会发出彩色的光芒
小鱼也懂得了美

闪电击在沙滩上
就画出了一个大坑

当闪电击在闪电上时
发出了很大的雷声
就是给上帝的启示

当闪电击在时间上时
时间就会倒流

闪电无处不在

　　闪电是人们熟识的自然现象，可在伍雪涯的笔下，这闪电已被他重新发现，被他写得出神入化。当闪电击在大海上时，海水会发出彩色的光芒，这是可以想见的壮观场景。但诗人迅捷地把镜头对准了在大海里可以忽略不计的小鱼，以小鱼对这种惊天动地之美的感知来收束诗句，避免了可能由于开阔带来的某种空泛。这首诗的最为令人称奇的句子是："当闪电击在闪电上时 / 发出很大的雷声 / 就是给上帝的启示。"让闪电击在闪电上，与博尔赫斯的人在死亡时"仿佛水消失在水中"一样奇妙，这样的"闪电"才属于诗的"闪电"。以至于后来诗人再让"闪电"击在时间之上时，读起来丝毫也不会有所诧异，而是顺理成章。

在伍雪涯的短诗中出现频次最高的词无疑是"时间","时间"在诗歌中能意味的东西是非常复杂的，涉及宇宙的时间与地球的时间，上帝的时间与子民的时间，真实的时间与虚假的时间等，不一而足。然而又有谁能将时间的哲学蕴涵说清道明呢？博尔赫斯曾引用圣·奥古斯丁的话回答关于时间之问："时间是什么呢？如果别人没问我这个问题的时候，我是知道答案的。不过，如果有人问我时间是什么的话，这时我就不知道了。"当然，这里的所谓不知道，应属于陶渊明式的"此中有真意，欲辨已忘言"之类吧。或许有人对一个如此年龄的诗人就开始思索"时间"这样深奥的问题会不大理解，这使我想起孔子出游时，遇到两个小孩辩论太阳是早上大，还是中午大的故事，两个孩子各有理由的辩论，孔子也不能裁定谁对谁错。这样看来，诗人思考问题的范围与多大年龄似无什么关系。

近些年由于诗歌的写作出现了严重的同质化现象，诗歌界往往会用辨识度的高低作为衡量一个诗人的重要指标。对于一个十一岁的诗人，除了年龄的特征之外，还是会在文本中显露出一些更接近诗歌内部的肌理。就伍雪涯而言，在他的文字中，我们是能够获取这个"10后"诗人的一些信息密码的。从"一块被黑暗覆没的火焰／这是太阳神的宠物""海里有一个人／他就是波塞冬倒映的世界中"这样的诗句中，我们知道他了解古希腊神话，甚至从"奥丁在混沌初开／他高大威猛／他管理九个国度"这样的描述中看得出他还知晓北欧神话，不过就一个少年来说，他的这些知识背景并非来源于纸质发黄的上个世纪的印刷物，而是来源于母本不断被改编的动画片。他对神秘的魔法师充满好奇，同时也会关注尖端无比的量子纠缠；他对顾城这样的童话般的朦胧诗人有所迷恋，同时也受到海子《春天，十个海子》中的那种汪洋恣肆启发。古今中外文化的圣殿与诗歌的宝库都不断地以各种不同的方式向十一岁的诗人敞开，汲取的多寡与转化的优劣都在他们自身的造化。

这部诗集中除六十多首短诗之外，还收录了两首长诗。在这两首长诗中那些在短诗中隐匿的故乡与地理隆重出场了，不过这些元素的露面仍是摒弃掉了地域化的强调。或者说这两首长诗中山河与村落的显现更像是因为定位的坐标需要。当然，这里最为魔幻的情形是那些仿佛说明时间停滞的迹象，到了后来则与那些走在时间前面的文明并未区别开来。"世界的开始 / 和世界的末日 / 是那么的和谐"。(《破碎的沉思的》)《破碎的沉思》中无论是诗人的出生地甲乙村，还是外婆家的罗平村，包括写到的民宿夹缝岩，写这些处所的时候，不断涌入"黑洞""中子""爱因斯坦""纳米"等元素，全球化浪潮不以人的意志为转移地席卷着原始部落，转瞬间也只能以不变应万变了。而在《山海经》中以"南方在哪里"之问开篇，接下来问到刑天，问到轩辕，问到了动物与人，还问到了善恶及欲望。诗人已从屈原的《天问》中借来锦囊，在对天地万物的追问中，一步步走向自己的心灵纠结之处，走向这个世界种种困惑的核心地带。但愿这种叩问能够在沧海横流、山川巨变的演进中泛起哪怕是一丝丝不易觉察的涟漪。

戈蒂耶在谈到波德莱尔的写作时，认为"波德莱尔具有精微、复杂、擅长推理和诡论的气质，即他比一般诗人更富于哲学性"。不过戈蒂耶还发现了波德莱尔另外一个秘密："当波德莱尔沉浸于他的创作中时，不管是自觉抑或不自觉地，他也还是遗忘了他的体系和诡论。"诗人伍雪涯是不是也可以从戈蒂耶的这番话里领悟到一些创作的奥妙呢？

"你一直与诗相依为命"

——读张洪波组诗《它们从一颗心走过来》

  张洪波在《文学港》2018 年 10 月号上发表了一组诗《它们从一颗心走过来》，这组诗的题目引起我的琢磨，读者能否找到一条路径再向着那颗心走过去呢？相信这个过程肯定是一千个读者就有一千个哈姆莱特的过程。这样的阅读属于寻求还原诗人原初创作想法的方式，在权威批评家看来这是根本不可能做得到的事情。布鲁姆告诫我们，文本意义是在阅读过程中产生的，它同作者原先写作文本时的意图是不可能完全吻合的，它总是一种延迟行为和意义偏转的结果。所以寻求文本原始意义的阅读是根本不存在的，也不可能存在的。阅读在某种意义上也就是写作，就是创造意义。归根结底"阅读总是一种误读"。即便沿着这样一个前提来阅读诗歌，同样并不意味着阅读者就可以完全信马由缰，其中仍然横亘着不可忽略的又无法言说的游戏规则，同样是一场冒险之旅。或许阅读的乐趣也往往来源于此。

  "张洪波的诗歌一直以平实的日常生活作为可靠的底色，

在粗粝驳杂的镜像中找寻到偶或可以驰骋想象的艰难空间，每跨越一道语词意绪转换的栅栏时，都会有惊无险地给阅读者带来惊奇和赞叹。在持续多年的创作历程中，他的诗歌风骨依然承继着牛汉先生的血缘，其艺术气质仍坚守着北方诗人的大气与洗练。可以说他的诗如同长白山上的岳桦树一样，傲立在高山之巅，与风霜雪雨对话，呈现出集坚韧与弯曲于一身的独特景观。"这是我在《文学港》储吉旺文学奖评奖后给获得大奖的《它们从一颗心走过来》写的一段颁奖评语，也可以算是我给自己对这组诗的阅读定下的一个调子。因为是颁奖时用的话，难免调门会有点儿偏高，但大体上还没跑调。

说张洪波的诗以平实的日常生活作为可靠的底色，这也许是"50后"诗人们写作时的基本取向，他们过于丰富的生活阅历已经到了要淹没他们对生活思考的程度。"我'活'便我在"，随便从生活中撷取点儿什么就可能构成有意味的形式。煮饺子这样的生活场景是人们熟悉得不能再熟悉了：

> 锅里。水被烧开
> 饺子们拥挤着、打斗着
> 就都混熟了
>
> ——《煮饺子》

这样几句大白话，谁也不会说看不懂吧。可若是让你把看出来的诗意转述一下，还并非那么容易。在一个有限的空间里——"锅里"，水"被"烧开，暗示出这些境遇中的事物都是自身丧失了自我主宰的权利。可悲的是沸水中翻滚的饺子，并没有发出"煮豆燃豆萁，豆在釜中泣，本是同根生，相煎何太急"的哀鸣，却在拥挤中相互打斗着。结局没有意外——"就都混熟了"。顺着生活的常理讲，"饺子"通过这一过程，自然煮熟了。可我们都会心知肚明作者肯定是有言外之意的。这里的言外之意也是给读者留有足够开放的联想余地，并不是将其某种意义加以锁定。"混熟了"，可以想到是这些"饺子们"的悲剧性命运的终结，也可以想到是"饺子"与"饺子"之间经历了"拥挤"和"打斗"之后，相互认知上的同类感产生了，彼此在心照不宣的状态中一起浑浑噩噩随波逐流吧。还能想到哪里就看读者自己的心境了。这顿"饺子"还没消化完，诗人迫不及待地又给咱煮出来一锅新的：

多数正内心膨胀
少数有些彷徨
个别已经露馅儿

——《还煮饺子》

如果说前一锅煮饺子，诗人有意拉开些距离，故作"温良恭俭让"状，对这一锅恐怕就不客气了，有点儿穷追猛打的意思。不过，我还是认为前一锅煮得比较正好，后一锅诗人有点儿"笑场"，有点儿自嗨，读者的参与乐趣恐被"剥夺"了一大块。组诗中还有一首《烙饼》，风格上与《煮饺子》十分相近，也是三句：

被揉搓够了！把心都揉搓软了
再加些不是自己的东西
翻来覆去。失眠

按照周作人关于小诗为一至四行的定义衡量是标准的小诗，前面两句紧扣题目，在貌似写实的句子中，形成了对人所承受的折磨与煎熬存在境遇的质疑。结尾从"烙饼"大跨度地跳跃到"失眠"，而情绪的衔接又是榫接卯合，一点儿也不突兀。"失眠"既像秤砣一样稳定地收束住了前面对"烙饼"过程的描述，也将人的生理性症状与现代性精神焦虑并置，构成新一层次的复义。这样的小诗犹如攥紧的拳头，把周身的力量都收拢在手指的骨节处，它凝聚起来的震撼因为不必一定具体地击打某一个目标而在瞬间成为语词雕塑。

张洪波的父辈由山东移居河北时，说是曾生活在坝上草原一带。那个地方在很长时间里主要的交通运输工具就是"勒勒车"，他在组诗中有一首就写到了"勒勒车"。诗人借助"勒勒车"的行进，将阅读者的目光由室内狭小空间的凝视状态挪移到对"天苍苍，野茫茫"的远眺状态：

粗壮气息噗噗打脸

凸凹车辙流过力气

而这庞大响动

缓缓颤颤一蹄一点一花

雪原里散落着汗斑

大智若愚

这使我无法遗忘

路，那么漫长

车轴里那吱吱呼求

是在献给土地吗？

拿什么赞美你？

下一场大雪

你在其中

——《勒勒车》

　　这首诗有三节，第一节前面五句是对在雪原上艰难行走着的勒勒车画面的描摹，最先看到的是吃力的老牛喘息"粗壮"，在风的作用下喘出来的有温度的气息迅速地回扑到自己的脸上。接下来再往脚下看，荒野上凸凹不平的车辙是牛的力气流成的一条河流。如果说"庞大的响动"是粗犷的音乐，那"缓缓颤颤一蹄一点一花"就可视为原始的舞蹈。"大智若愚"即是"大象无形""大音希声"。在这个画面深深触动你的思绪之后，诗人现身了，"这使我无法遗忘"，有点儿像是对前面描摹画面由来的一种交代，其实又可能是对历史记忆会有选择性的一种强调。"路，那么漫长"一句显得多少有些漫不经心，且更准确地传达出苍凉与无奈之感，而这正是执着的前行者才会有的孤寂与忍耐。"车轴里那吱吱呼求／是在献给土地吗？"是啊，不是献给土地又会献给谁呢？这悠长的声音不正是旷野中最能驱赶寂寞的呼号吗？不正是生灵万物对默默不语的大地宗教式的祈祷吗？诗的高潮在这里形成。接下来第三节以"拿什么赞美你"这样一个设问句开头，这个句子等于是把要来用于赞美之物快速筛选一遍，之所以可以快速筛选，是因为不可使用之物极容易判断。你要赞美天人合一的大境界，恐怕只有"下一场大雪"才是恰当的吧。结句"你在其中"利用提示的手段，先把人从被赞美的画面中拉出来，仿佛是诗人在确定人能否在其中时经历了短暂犹疑，稍后才加以肯定，这样的肯定寄寓的成分应该是多于已经实现的成分。

牛汉先生在给张洪波的一本集子写的序言《疼痛的血印》中说："美国诗人弗罗斯特把自己比作'一匹独来独往的狼'。我以为弗罗斯特不是从狼的凶悍一面说的，他所指的是旷野上狼飞奔时那个诗意的姿态。我童年时不止一次见过狼的壮美而有节奏的奔跑姿态。闪亮闪亮的背部如起伏的波浪，既恐怖又美丽，异常有张力和旋律感，当狼跃起捕捉猎物的一刹那，真好似一首火花一样爆发的诗。几十年之后，每当在兴奋激动之中写下一首诗时，就常常想起狼捕捉猎物时，一秒钟之内形成的那个诗意生命动态。"巧合的是，组诗《从一颗心走来》的末尾一首《唱，不是嚎》也写到了牛汉先生喜欢的狼。与牛汉先生对狼的奔跑和捕猎动态的赞叹不同，张洪波则捕捉到狼的声音和语言中的诗意。诗人在题目上就开始做出辨析，把通常人们所说的"狼嚎"纠正为"唱"。日常生活中人们对动物的语言歧视可谓比比皆是，尤其在一些成语中运用最多：狼心狗肺、狐假虎威、鼠目寸光等，这种人类中心主义视角下框定的说法，往往会破坏人本可以在动物身上发现更多的诗意：

> 夜晚，狼站在悬崖上
> 一声声长调，传遍山谷
> 有人说那是狼在嚎叫
> 嚎叫怎么会这么有力、回声深入？
>
> 那是在歌唱。在宣泄吧
> 乐音震颤夜空。悠扬直指心灵
>
> 一只狼比起一群疯狂野兔
> 狼。更具备英武。仰天高歌
>
> 它是在嘲笑所有胆怯者吗
> 还是让你打起精神，准备出击？
>
> ——《唱，不是嚎》

诗人把狼夜晚站在悬崖上发出的声音，听作游牧民族的"长调"，听作是震颤夜空的音乐，而且这样的"仰天高歌"，"悠扬直指心灵"。对于狼雄浑的歌唱中诉说的内容，诗人领会为是一支大气磅礴的勇猛精神的颂歌。

在阅读《它们从一颗心走过来》这组诗的时候，有人可能还会产生一种诧异，那就是这组诗里面的若干首诗风格上大多并不一致，写法上也有点五花八门。有的借物寓理，有的直抒胸臆，有的五味杂陈，有的刨根问底，甚至连诗行都是意到则止，不考虑整齐划一。这样的洒脱，完全可以理解为诗人并不愿意接受那些清规戒律的束缚，而是更喜欢听从内心的自然律动，在丰富多彩、跌宕起伏的世界里自由自在地漫游。希姆博尔斯卡有一首诗《在礼拜天对心说》是这样写的：

> 谢谢你，我的心！
> 你不急忙，也不偷闲，
> 你生性勤勉，
> 不用赞美也不用奖励。

> 你一分钟就立了六十件大功，
> 你每收缩一次，
> 都像把小船推向了大海，
> 让它去周游世界。

谢谢你，我的心！
你一次又一次，
把我从整体中抽出来，
使我在梦中也成了个别。

你关心的是，
别让我在梦中飞走，飞走，
不用翅膀就可以飞走。

谢谢你，我的心！
虽然是礼拜天，
虽然是休息日，
我依然从睡梦中醒来，
你在我的胸中，
依然像休息日前那样地跳动。

想想看，张洪波的这组诗不也正是从这样一颗心向我们走过来的吗？

雪 的 安 慰

——秀枝诗集《白雪之上》序

秀枝是我一直非常看好的一位吉林诗人，在诗人前面加上"吉林"两个字的时候，觉得是有些别扭，但若去掉会表达得不够清楚。我的意思是说，对于一个诗人而言，"地方性"是非常重要的，正是处理好了诗歌中"地方性"问题，才可能形成诗歌的"世界性"。我们可能不知道我们的名字在诗歌世界里的位置，可我们知道诗歌世界在我们心中的位置。

秀枝居住在吉林省东部长白山南麓的通化县（隶属于通化市，市县同名，像吉林省和吉林市省市同名一样），县城所在地为快大茂镇。这个小镇坐落在蝲蛄河畔，蝲蛄长得酷似小龙虾，但它与小龙虾不同的是，对栖息的水环境要求极为苛刻，一旦河水被污染，则就会导致蝲蛄灭绝。蝲蛄河是浑江的支流，浑江是鸭绿江的支流，鸭绿江在丹东入黄海。"快大茂"是满语"花曲柳树"的音译。我理解"秀枝"这个笔名的含义，或许就是蝲蛄河畔生长的一株花曲柳树的美丽枝条。花曲柳树，不是柳树，是木樨科梣属乔木，它是介于软木与硬木之间的一种木材，东北人特别喜欢用这种木材做家具，一是木工干活不是特别费力，二是这种木材有天然的花纹，木工只需把它用"搓珠"的方法搓出来即可，而像椴木等软木类木材因没有花纹，只能刷混色。但凡长期生活在偏远地区的诗人，几乎都难以摆脱地域偏狭带来的限定，但同时会过滤掉许多大都市的喧嚣，也就意味着作为诗人会获得更多自由遐思的空间。秀枝从20世纪80年代就开始写诗，最初是受到了北岛舒婷朦胧诗的影响，在浑江师范学校读书期间与同学们一起创办了映山红诗社，并经常在学校文学社的刊物《小荷》上刊发习作。1987年她在河北的《诗神》杂志上发表了处女作，2009年出版了第一本诗集《雨中的向日葵》。算起来秀枝出道的时间不短了，从1994年到2006年，她的创作一度中断，2006年后又逐渐恢复写作。再度拿起笔来写诗，我很难猜测秀枝是怎样跨越种种障碍的。从她的作品中并没有看到慌乱追赶的脚步，仿佛是经过一段面壁修炼，忽然开悟，倒是把早年初学写作时的稚气甩得一干二净。汉语诗人中类似秀枝这样无门无派，散在某个非文化中心地带的诗人可能有很多，他们的写作是需要有更顽强的意志和更坚定的信心才行的，文学之光照射到他们身上的时刻是特别微弱和短暂的。而他们要冲破被人们关注的竞技场的门槛则是难乎其难。有时他们的确写出了十分漂亮的作品，但在诗歌的汪洋大海里能激起的浪花仍是瞬间的，也很容易被各种噪声淹没。因此，与其奢望赢得许多舞台上的鲜花与掌声，莫不如先把自己的目标放在脚下的每一个台阶上。

有一年我们到松辽平原的梨树县去参加梨花诗会，秀枝在诗会上朗诵了一首在从通化到四平的火车上创作的诗，主题是怀念逝去亲人的。记得当时我在赞扬尘轩的《我看见草，正坐在院子里》的同时，委婉地批评了秀枝的这首即兴创作。今天想起来，我在对人的理解上，有时足够武断，也特别片面。我完全没有顾及秀枝在朗诵这首诗时眼眶里几乎要流下的泪水，没有注意到她的这位亲人的离世是与她火车上经过的地方有关联的，将本该产生的一种共情状态生硬地转移到讨论诗怎样写会更有修辞性方面去了。现在想起这一情景来，仍是充满歉疚。而秀枝的诗给我带来惊喜的是她的一首《我想去看一看你打铁》，我在鲁院与吉林文学院的一个培训班上点评了这首诗。

我想去看一看你打铁

我想去看一看你打铁
燃烧的炉子，像一场风暴那么通红
你把颓废的铁块放进去
熔化它，锤击它，直至变成你想要的刀和剑
闪耀咄咄逼人的光芒
幼时我常去村里的铁匠铺看打铁
两个铁匠的大锤挥起来，你一下，我一下
砸出那么多乡亲需要的马掌、斧头、菜刀、镰咣——咣——的打铁声总是回荡在村子的上空……

　　多少年来，那神奇的火焰一直在我心里升腾

　　我迷惘过，懈怠过，冷漠过

　　而火焰一直在燃烧，仿佛在等待一块铁

　　我想我就是一块闲置的金属

　　如果我也纵身赴火

　　经一番熔烧，锻打，淬火之后

　　会不会摇身一变，从此就有了用武之地？

　　在寻找诗意的时候，诗人的路径大多是在凌空蹈虚，幻想着能猎捕到奇崛的意象，借助于奇思妙想，以奇制胜。可诗歌诞生所依赖的经验，事实上都埋藏在日常生活之中，只不过我们太容易熟视无睹罢了。秀枝的《我想去看一看你打铁》就是一首将蕴藏在平常事物中的诗歌烛光怦然点燃的诗。其实一首诗写得好不好，关键在于是否找到了诗歌之思与现实情景的特定联系。威廉斯有句著名的口号叫"思想只存在于现实事物之中"，而且威廉斯也正是在诗人的生活经历与诗歌的具体细节中挖掘出生动的事例来证明"什么是诗"和"诗的作用是什么"这类带根本性问题的。艾略特在《玄学派诗人》里就已指出诗人在感受思想的时候应该就像感受玫瑰花的香气一样，是直接嗅到的，不是理性分析出来的。在秀枝的诗中，"打铁"这样的现实事物与诗人内心世界的波澜相互交融，达成一致，也导致改变,在这一过程里,不经意间就溅出了一串串耀眼的火花。《我想去看一看你打铁》这首诗,往大处说它是在以自然贴切的方式表达一种人生哲理,就秀枝的个人经历说,也可以把它看作是曾中断写作后重新开启创作模式的自省书。是金属就不应该总是闲置着,"纵身赴火,经一番熔烧、锻打、淬火之后",才会有用武之地。在秀枝内心中一直升腾的火焰,是她童年在铁匠铺里看到的后来始终没有忘记的火焰,也是她在学生时期开始喜爱诗歌的热情的火焰,经历过迷惘、懈怠、冷漠后,上天又让这一切与她重逢,再度碰撞出灵感的闪电。

秀枝当年初中毕业考入中师,是因为要尽早给艰难养育自己的父母减轻负担,由此也等于是放弃了青春年少时瑰丽的人生理想。这始终是她的一个心结,开始写诗是为了纾解忧伤。重新再写诗,我想她已意识到把诗歌写好就可以是她的最大的自我实现,不仅是能够弥补某种缺憾。当写下《我想去看一看你打铁》的时候,我相信秀枝已将诗歌视为她生命的重要组成部分,"世界让我遍体鳞伤,但伤口长出的却是翅膀"(阿多尼斯)。

《白雪之上》分为九辑,足见秀枝的诗歌题材非常广阔。她是一个懂得敬畏自然,尊重常识的诗人。不管是遭遇什么题材,她都是从生活经验出发,有时灵机一动,有时也许是冥思苦想,直到挖掘出诗的"本质意义"和"现实的真谛",才把作品写下,使事物的现实成为心灵的现实,使枯燥乏味的日常转化为"一声细语、一曲音乐和一个象征"。在秀枝的诗集中，一部分抒写与疾病有关题材的作品相当亮眼。对疾病的关注，是秀枝的诗歌题材选择的一个与众不同的向度。在处理疾病题材的作品时，她并不是绞尽脑汁地制造隐喻，也不是层层推进地进行心理分析，而是尽力而为地与之分担和共情。"阿尔茨海默，它让我热泪盈眶 / 那位将自己的儿子视作陌生人的母亲 / 她手心里的温暖不知该如何安放 / 她终日不安，黑夜往往骤然降临 / 成群的蝙蝠扇动着翅膀涌向她 / 或者天色突然大亮，白花花的阳光令她措手不及。"（《阿尔茨海默症》）作者清楚仅仅带着同情之心来体会阿尔茨海默病患者的痛苦，并不是一个诗人的重要使命，这种病症作为医学上的难题应由医学界的专业人士来努力破解。诗人的使命是透过具体的病症，从对人的生理机能退化和变异的观察，延伸到对人的心理及思维扭曲的警觉，唤醒人类麻木的心灵，尽力做出善良的抉择。"而阿尔茨海默，不应该令人类绝望 / 愿它能够仁慈一些，带走人类的嚣张和分裂 / 愿它只令人遗忘，这尘世里的污浊、邪恶和仇恨……"（《阿尔茨海默症》）

在秀枝的诗作中，如果说要找出最能代表她丰富心灵的作品，那我一定会选择她写雪的那些诗。东北人对雪的感情和南方人有巨大的差别，南方人多是对雪好奇和觉得刺激，而东北人是离不开雪，雪可以使干燥的气候湿润，对应人对季节循环过程的适应。东北人会像盼望看到春天的花朵一样，盼望看到冬天的雪花。雪天的姗姗来迟，往往会使东北人茫然无措。"雪是冬天的歌声，有雪 / 证明冬天是活着的。看到雪 / 我感觉自己还在迎向这个世界。"(《雪》)当年鲁迅先生在经历了南北方的雪天之后，曾有过一番比较。他认为："朔方的雪花在纷飞之后，却永远如粉，如沙，他们绝不粘连，撒在屋上，地上，枯草上，就是这样。""在晴天之下，旋风忽来，便蓬勃地奋飞，在日光中灿灿地生光，如包藏火焰的大雾，旋转而且升腾，弥漫天空，使太空旋转而且升腾地闪烁。"面对这一景象，鲁迅先生产生了一种贯穿南北的想象："在无边的旷野上，在凛冽的天宇下，闪闪地旋转升腾着的是雨的精魂……"而对于秀枝来说，雪带给她的并不是一个简单的意象，差不多她要把生命中的所见、所感、所思、所盼都交给雪这个精灵。写雪以外的诗，秀枝都是作为现实事物来对待的，着力于写得准确、恰当，尽可能让诗歌的立意水到渠成，自然呈现，有意避免主观的干预。在写到雪的诗篇时，诗人无法再沿袭一以贯之的写法，不再拘泥于主题的意蕴与客观事物之间的对应紧密程度，而是打开了宇宙的天窗，任由想象力自由驰骋。其实对雪的迷恋，在多年前就潜伏在秀枝的意识里，上一部诗集《雨中的向日葵》最后一辑就是"在一场大雪中度下此生"，现在《白雪之上》的第一辑是"将诗安于白雪之上"，这不是巧合，而是诗人与雪不可分割的关系持续性的衔接。在扑面而来的大雪中，诗人谛听到时间的脚步声，"而一个声音却不时发出催促/抓紧啊，抓紧啊/像一把利刃刺向耀眼无边的雪中"(《雪还在下》)。人到中年的时候，面对浩渺的天地，该用什么来支撑自己的人生。不能安于那种随波逐流的态度，让白雪将世俗的琐碎统统埋葬掉："连续不断的降雪，将我、一次次覆盖，一次次、我将自己的内心掏空。"(《雪还在下》)这是心理上的自我清零，也是一次有意义的生活态度重启。秀枝笔下的雪，就像一张无边无际的白纸，任由她用随手折下的树枝来尽情勾画。当然，这雪先是自然之雪，它按照季节的转换如期而至，它会带来寒潮和一些未知的风险。但秀枝只是把这些关于雪的认知作为铺垫，只是把具体存在的雪当作是进入广袤遐想世界的一张入场券。雪在秀枝营造的舞台上，时而有着一颗孤独的心脏，时而又如天使一般是寒冷中孩子的亲人。这铺天盖地的大雪不光是能掩埋尘世上悲伤，它还能抚慰人内心的迷茫。雪落在无垠的旷野之上，也落在诗人的心灵之上。"唯有这雪将夜晚照亮／唯有这雪无处不在，让胸中／寒冷的风暴和刻骨思念得以平息／我这颗一贯惊慌失措的心／似乎也已被微微照耀。"(《唯有这雪》)雪是似水柔情，雪是喃喃细语，雪是四季轮回，雪更是精神故乡。所以，秀枝必须"将诗安于白雪之上"。

长白山是他的文学领地

　　自然文学作为一种文学思潮或流派，若追根溯源的话，恐怕一定要找到 18 世纪英国的吉尔伯特·怀特的《塞耳彭自然史》才行。这本书的伟大之处在于，它既开启了自然科学的博物学研究史，同时它也是自然文学最正宗的鼻祖。据说达尔文当年迷上博物学研究就是因为在他十六岁生日时，得到他舅舅给他的一份礼物——《塞耳彭自然史》，包括达尔文关于蚯蚓与腐殖土形成关系的论文，也大概是受怀特的启发写出的。斯宾塞、赫胥黎等人物也都深受吉尔伯特·怀特的影响。在自然文学滥觞的过程中，梭罗等人的写作观念中也都不难寻找到怀特的影子。

　　胡冬林的创作体裁一直以来是比较广泛的，有长篇小说如《野猪王》，有长篇儿童文学如《巨虫公园》（获第九届全国优秀儿童文学奖），有散文集如《青羊消息》《狐狸的微笑》等。但若论其成就，我认为最重要的是他的散文和他的遗作，即厚重的《山林笔记》，胡冬林的这部分作品属于能代表中国自然文学成熟状态的创作。自然文学是有自身界定的，按照学者程虹的说法，它是形成于当代的一种文学流派。从形式上看，是指非小说的散文文学，主要以散文、日记等形式出现，在内容上主要是思索人类与自然的关系。它有两个特征：一是写作者要有土地伦理观，也就是美国的"自然保护之父"利奥波德在1949年出版的《原荒纪事》中提出的"土地道德观"。"简言之，土地道德观把智人从土地群落的征服者变成了群落中一名普通公民，这意味着尊重自己的异种伙伴，尊重整个群落体系。"写作《原荒纪事》时的利奥波德正面临着发展经济和保护自然的冲突。他自称为少数派，在《原荒纪事》的序言中，他说："能够看见大雁比能看到电视更为重要，能够找到海棠花与言论自由一样是不可褫夺的权利。"二是自然文学的写作者要有一种位置感。我理解这种位置感与泛泛地写出与生态有关的那些作家不是一回事。它需要作家在一个特定的区域里安营扎寨。梭罗到瓦尔登湖畔的小木屋住了二十六个月，利奥波德在那个废弃的农场里也陆续住有一年多时间。

胡冬林自2007年从长春搬到长白山脚下的二道白河，历经五年多的时间，专心致志观察长白山的动物、植物、菌类，在荒野上学习博物学知识，留下了自然文学的宝贵作品。他把自己的生命与长白山的生态保护融为一体，在这里发生的山火会灼烤到他，看到人们为了获取经济利益去打松子，会让他焦虑不安。发现珍稀植物温泉瓶尔小草被人为毁灭，他到处去寻觅。发生建高尔夫球场大量砍树和盗猎分子杀害5头野生黑熊的事件时，他像一个斗士一样勇敢地站在前线。他明确告诉人们："当人类利益与野生世界发生冲突时，我永远站在野生世界一边。"为了获得书写自然文学的博物学知识，胡冬林的启蒙老师是他父亲的老朋友动物学家、鸟博士赵正阶。赵正阶先生早年在四川大学生物系毕业后，放弃了在机关的工作，来到长白山保护区进行动物学研究，主编有《中国鸟类志》。他还写有一部自称为"不伦不类"的《长白山动物记》，实际上这正是和怀特的《塞耳彭自然史》一样路数的博物学与文学融合在一起的作品。胡冬林的《青羊消息》就是借助动物学家赵正阶的视角和心理活动得以完成的。胡冬林写出的《蘑菇课》则是得益于长白山科学研究院的菌类学家王柏先生的指导。胡冬林在2011年8月3日的《山林笔记》中记载："约王柏老师来唠唠，照例谈蘑菇，建议我加上虫草、地衣、毒蘑菇。王老师说今年的虫草特别多，也可以抽空跟他上山采虫草。"此外，胡冬林在长白山还有不少"山里通"朋友，他和曾经是猎人的孙喜彦成了至交，这些人带着他进山，向他实地介绍许多动物的习性，对他的写作都是非常有帮助的。

胡冬林和其他一些进行生态文学写作的作家不同的是，他的自然文学写作，应该说是属于博物学与文学结合得十分完美的写作。这就要求自然文学写作者首先要有真实书写自然的能力，即拥有广博的自然知识。然后还要有一块领地，胡冬林之于长白山就像怀特之于塞耳彭、梭罗之于康科德、利奥波德之于威斯康星一样，他们的作品和一个具体的地方是不可分割的。接着还要说到独特的审美性怎么完成？在真实书写的基础上，还应写得亲切。李健吾在 20 世纪 30 年代读到怀特的《塞耳彭自然史》时就感慨地说："亲切是一切文学的基本条件。"约翰·巴勒斯也曾说道："对自然史主题的文学处理当然和科学的处理非常不同，而且也应该如此……文学的目的在于以感动我们的方式告诉我们事实。"这些或许都是自然写作的审美意义。

麦城：一个把诗当作飞船的巫师

一

> 正如对他极为赏识的圣伯甫所说，他就在极端
> 边缘的地方，为自己建造起式样异乎寻常的司令台。
>
> ——泰奥菲尔·戈蒂耶《回忆波德莱尔》

重庆诗人李海洲听说我要写写他的酒友麦城，颇有些不放心，怕我写得不好玩儿，特意给我写来邮件提示我："你给老麦城写的文章写完了吗？很想看。他有些恶习你应该写进去，比如提裤子啊，这些……哈哈哈。"海洲是个会讲故事的人，什么事经他三寸不烂之舌一说，都是绘声绘色。他这么说，属于姑妄言之，我也只是姑妄听之。怎么写，笔还是握在我手里。有一年，一家杂志让我给赵本夫写个印象记，我实在是觉得没什么特别的印象，就用了《有限的印象》作为自我原谅的题目，写下了枯燥无味的一篇小文章。或许大多时候，我总是

把某种情谊的认同放在交往中突出的位置。换句话说，我是一个特别不愿意轻易判断别人的人，觉得对人建立任何一种判断都难免武断，因为你不可能掌握判断一个人需要的依据以及熟谙他人的内心秘密，在这方面我宁愿听信"不可知论"。不说判断，论感觉，恐怕我也是属于说不清、道不明的一类。倘让我转述一个亲眼见的生动无比的故事，我一定会把笑点给讲得不成样子。不过，这些话怎么说，都像是为自己写不好别人的印象找来的借口和托词。

我不知道朋友们和我待在一起时的感觉是否放松，我知道若是我与麦城在一起时，肯定是不放松的，说不出来究竟为何，也没有仔细想过这是为何。回想起来，每次和他见面几乎都是人比较多的场合。就算是比较喧闹的饭局上，我在接近酒醉之时，常常会悄悄逃离现场。也许是我有些过于敏感，很容易受到在别人眼里根本就看不到的细微因素干扰。而有时却恰恰相反，某一个饭局上，两个朋友突然发生了激烈的话语冲突，事后我还要向在场的别人询问发生了什么。显然，我有时的恍恍惚惚，也是离谱得厉害。

我猜想麦城也是自我紧张的人，这是否源于他童年时期就缺乏安全感尚不得而知，因为对他的童年生活，他总是三缄其口，外人几乎找不到任何蛛丝马迹。恐怕唯一能安抚他内心世界的灵丹妙药，就是他的外婆，这也是为什么在他的诗中外婆会频频现身的原因，而其他亲人则是影踪难寻。在麦城日常与朋友的交往中，包括诗作中，经常会听到或看到他称呼关系密切点儿的朋友时，基本上是伦理化的。听他把某某叫姐叫哥时，都是省略姓氏的，不知道内情的人还以为真就是家人呢。这是否意味着在潜意识里已成为他对缺失的亲人氛围的一种弥补，也不好确定。反正每逢年节时分，朋友们都毫无例外地收到麦城从外婆那里"淘弄"到礼物——几行圣洁而抒情的诗句，这应该是麦城送给亲近的人最宝贵的东西。

印象中麦城在国内出版过三本诗集，每本诗集写序的人都很"大腕"。第一本《麦城诗集》的序言是余秋雨写的，题为《海边那座麦城》。第二本《词悬浮》的序言是李欧梵写的，题为《读麦城的诗》，副题是麦城诗集《词悬浮》小序。第三本《历史的下颚》更是"变本加厉"，有两个序言，分别是瑞典皇家学院院士、诺贝尔文学奖评委会主席谢尔·埃斯普马克的《越界者》和刘小枫的《失眠的诗语》。使得略显委屈的晓渡兄的《一次不确定的语言历险》那么好的文章，只能作为跋，出现在书的尾巴上，权当是大轴吧。当然，麦城没有拉大旗作虎皮的意思，况且，这几位大咖也不是轻易就被谁给忽悠成为"虎皮"的人物，更重要的是麦城本身不就已经是"虎皮"级的人物吗？看他们这几位的文字，能感觉到他们与麦城的确交谊匪浅，甚至是惺惺相惜。对麦城诗的评价也是中规中矩，至于读者能不能认为他们懂诗，则可以仁者见仁，智者见智。

麦城的这三本诗集的出版者也都是大牌名社，其中有两本是作家出版社出的，一本是人民文学出版社出的。在第一本诗集里面，还有罗中立、许江、韦尔申三位大画家的十六幅画作，这些价值连城的画，也不是随便找来装点门面的，皆属几位画家友情出演。麦城的用意大概是很希望把他们之间非同一般的友谊，找到一种方式表达一下。至于能不能有里尔克谈到罗丹给《恶之花》插图所说的"在罗丹的微妙线条与诗歌的融会处，我们感到一种补充和提高的印象"，不同的读者会有不同的感觉。但这本书让我十分烦恼的是，版式有些怪异，每首诗的标题在每一页上都要反复出现一次，而且字号醒目，令眼睛无法回避。当我读诗的时候，必须先用笔将重复出现的诗题勾掉，强迫自己不要眼睛盯着它不放，口中念念有词，说它是多余的，这样才能保持阅读基本顺畅。有人据此把本人归入严重强迫症患者之列，我绝不反驳。

谢尔·埃斯普马克在给麦城诗集《历史的下颚》写的序言中说："'我从仿宋体的路上，往明代走。'麦城在一首诗的开头这样写道。但在他的诗中我们看到的不只是强烈的历史意识。他的视线在汉朝与当下中国的浩瀚时空里飞速移动。而上面引用的诗句，则表明他是如何轻松自如地在现实与文字之间穿梭。总之，麦城是个穿越各种界限的诗人。"

谢尔·埃斯普马克这个瑞典老头儿，前几年我在昆明见过一次，他不仅人风流倜傥，处理问题脑子也倍儿清楚。隔着语言的障碍让他说说麦城的诗，一开口就叼住了骨头。他认为诗人麦城是一个把诗当作飞船的巫师，他隐喻上的造诣让他掌握了"如何在文字中飞翔"。

对于诗人麦城而言，之所以能够在历史与现实、抽象与具象、虚拟与真实之间的穿梭游刃有余，他使用的秘籍就是余华在《一千零一夜》中所发现的那个秘密：山鲁佐德每讲一个故事都是在现实和神秘之间如履薄冰，似乎随时都会冰破落水，然而山鲁佐德的讲述却是身轻如燕，使叙述中的险情一掠而过。山鲁佐德让梦中的见闻与现实境遇既分又合，也就是说当故事的叙述必须穿越两者的边界时，山鲁佐德的故事就会无视边界的存在，仿佛行进在同样的国土上，而当故事离开边界之后，进入现实的国度和神秘的国度又会以各自独立的方式呈现出来。这几乎是《一千零一夜》中所有故事叙述的准则。它们的高超技巧，其实来自一个简单的行为：当障碍在叙述中出现时，解决它们的最好方式就是对它们视而不见。可以说麦城就是用同样的方法，跨越了他诗歌中遭遇到的各种界限，成为一个神不知鬼不觉的"越界者"。在词语的调兵遣将过程中，麦城仿佛拿到了上帝的授权书，对于那些诗句行进时每每即将出现阻碍时，他岂止视而不见（因为视而不见者的心中还是有某个障碍存在的），他是瞬间由地面升上高空，由凡间转入幻界。在麦城的诗歌中，现实和非现实本来就同属一个世界，哪里有什么界限存在呢。或许这种所谓的界限在麦城的世界里，就如同渤海和黄海的分界线一样，当他驾驭的诗歌之舟通过时，只不过是海水的颜色这边是湛蓝，那边是浑黄而已，那个分界线完全等于形同虚设。倘若他是选择在黑夜里通过，那就连海水颜色的区别都荡然无存。如果你读他的诗，感到他在穿越这些界限时过于轻松自如，并因此会觉得他这种天马行空是缺乏逻辑的，那恐怕就是陷入了理解诗歌的误区。斯蒂文斯在他的《言论集》中论述诗的特征时认为："诗应该几乎能够完全拒绝理解力的作用""一首诗并不需要有某种意义；像自然界许多事物一样，诗也常常没有什么意义""诗的技艺带有极大的偶然性。因而并无定则可循""诗必然是不合理的、非理性的"。

唐晓渡在分析麦城的长诗《形而上学的上游》时，也是恰当地抓住了麦城诗的要害。晓渡敏锐地发现了麦城诗歌文本的不确定性，而且有效地把他这种不确定性确定了下来。这等于是掌握了一把密钥，登上麦城的隐喻号宇宙飞船就不是多难的事了。你只要心脏、血压没什么问题，那就跟着麦城进入太空去冒险好了。

在中国当代诗歌的版图上，东北并不是一个活跃的板块，值得记载的诗人和诗歌事件实在是寥若晨星。而文学地理或者诗歌史的关注基本上走的一条惯性路线，就是把这些热闹的诗人和轰动的事件当作路标与指示牌。说到 20 世纪 70 年代东北最有影响的诗人，应属在我身边一起工作了十几年的老诗人曲有源（有人经常会把他和《东方红》民歌的原作者李有源搞混）。他的政治抒情诗《"打呼噜"会议》与舒婷的《致橡树》在 1979 年 4 月的《诗刊》同期发表，巧的是他的《关于入党动机》又是与舒婷的《祖国，我亲爱的祖国》同在 1979 年 7

月的《诗刊》刊出。曲有源的诗歌影响，也像他的这两首诗的倾向一样，甚至连他的命运、人生轨迹也都与政治因素无法剥离。回头看去，可能有的人会从诗歌艺术角度认为他的诗成就有限，但如果从诗人对现实敏感与否的角度看，曲有源则是一位了不起的诗人，也是不应该被遗忘的诗人。因为诗，他付出的代价不说是中国诗坛第几人，也得说他遭受的痛苦是常人难以想象的。有一次在他家里，喝酒之后，他从博物架上拿出一件稀奇之物，让我猜是什么，我仔细看了半天也没看明白。他笑笑告诉我，那是他在看守所里用一根羊骨头磨成的一枚骨针。我半开玩笑地说："这说明你在那里伙食还不错嘛。"他说："那是一碗连菜叶都看不见，只有盐味的汤里，不知怎么混进去的一块不带一丝肉的骨头。"这枚骨针是曲有源无意间获得的上天的馈赠。虽然有些原始、纤细，但它仍不失为一块具有象征意味的骨头。这也正应了柏桦写给麦城的那首诗《教育》里所说的："但冬天的思想者拒受教育 / 冬天的思想者只剩下骨头。"

在诗坛上赫赫有名的另一个不会漏掉的东北诗人应是徐敬亚，他是长春人，后来去了深圳。他做的轰动诗坛的大事有两件，一是在吉林大学读书期间，写下了"投向诗坛的一枚炸弹"的那篇文章——《崛起的诗群》，这是与谢冕、孙绍振的文章并称为"三个崛起"中的一个"崛起"；二是1986年，他在《深圳青年报》与《诗歌报》联合搞了一场诗歌群体大展。还有一位重要诗人，就是"常青树"诗人王小妮了（王小妮和徐敬亚是诗坛伉俪，当年同属吉林大学赤子心诗社成员）。

显然，就是把版图的比例再放大一些，麦城也是完全游离于这张版图之外的。麦城的创作从起步之日，就没有加入任何诗歌潮流或者诗歌运动之中。对于这种被遮蔽，于坚认为："运动乃是主流文化和制度的特征，与诗歌运动的先锋性恰恰是相悖的。这是一个悖谬，非主流的以边缘自居的诗人恰恰需要通过他们深恶的主流方式——运动来彰显他们不为主流诗歌所容的美学立场。这种诗歌运动当然有利于异端诗歌美学的传播，而且它无论如何糟糕，都是那一时代的唯一可行的方式，如果没有这些可疑的诗歌运动，中国的先锋派诗歌美学不知道还要在黑暗中沉默多少年。这种诗歌运动在民间当然是一种主流，虽然它也是以反抗一个更强大的主流而自居的。但事情就是这样，当诗歌运动勇敢地反抗着那种遮蔽着真正有价值的诗歌的主流文化的时候，它自己也是另一个遮蔽者，那些没有加入诗歌运动中去的边缘诗人，几乎就失去了任何被注意到的机会。因为诗歌运动的风起云涌已经吸引了来自"左"派和右派的几乎所有关注诗歌的目光，像麦城这样既与主流文化格格不入，又远离诗歌运动中心，在边缘地带默默写作的诗人必然被忽略。"（于坚《大连湾的沉船》，《作家》2001 年 2 月号）然而，在汉语诗坛麦城的重要性是体现在许多方面的，他除了自己的创作之外，还是一个稀有的诗歌写作生态环境的保护者。每当大连夜色阑珊的时候，无论是在渤海边，还是黄海边的哪个码头上，我们都会寻觅到一个瘦小的诗人身影。毫不夸张地说，在这样的晚上，如果他不是在大连码头边上的哪个酒馆里，那他就是在前往某一个酒馆的路途中。

在一张色泽泛黄的老照片上，可以看到1984年秋，顾城与麦城两个青春少年一起躺在大连棒棰岛的沙滩上聊天的情景。那时的麦城还在文化馆工作，刚从穷困潦倒中挣扎出来，捧回来之不易的第一桶金，立马就张罗把顾城和谢烨邀请到大连来玩。这也就等于是开启了麦城的文学分享人生的模式：赚钱—和自己的文友们分享—再赚钱—再分享。有人可能不大相信会有这样的人生模式存在，能不能把它看成是南北文化差异之一种，我也是吃不准。有人分析说东北地广人稀，从山东等地闯关东来的人，起初很不适应，种地的人夏天铲地，一条垄一天到晚铲不到地头。走路有时走一天碰不到一个人影，所以见着个陌生人也就容易产生莫名其妙的热情。20世纪80年代初期，我和同事到哈尔滨组稿，晚上在一个街边小饭店吃饭，边上另一桌是本地的两个不认识的小伙子。他们自己喝高兴了，看我们没喝酒，就大吵大嚷地让服务员给我们上哈啤。这还不算，还过来和我们碰杯，最后，我们的单说啥也得让他们买了，否则不依不饶。好像这种分享也创造出了双重快乐。

大连人虽说也是东北人，但在他们心目中往往并不把自己当作东北人。大连处在辽东半岛的最南端，用我们东北人的说法是舌头尖上。大连是暖温带半湿润大陆性季风气候，还兼有海洋性气候特点，这与东北的沈阳、长春、哈尔滨三个省会城市都不一样，年平均气温比沈阳要高出个四摄氏度左右。据说俄国人依据沙皇的重臣维特的提议，将大连叫作"达里尼"，意译过来就是"遥远的地方"。大连沦为俄国租借地时，沙皇尼古拉二世1899年颁布过的一道敕令，命名大连为"达里尼"。日俄战争后，大连又被日本人占据，清光绪三十一年（1905年）始称大连。这个大连的称谓来自李鸿章清光绪六年（1880年）的关于在大连湾建军港的一个奏折。"海碰子"作家邓刚若干年前在《话说大连》一文中写道："大连是一个很奇特的城市，它属东北地域，但没有一个大连人有东北人的感觉。反而，你要是走在大连的街巷，听到大连人那一口胶东沿海海蛎子味的语言，往往感到是走在山东烟台或青岛的城市里。大连的地理条件也很奇特：三面环海，你在任何一条路上朝任何一个方向走，几乎都会走向大海。乘出租车超过五十元钱，绝对就能将车开进海里去。为此，大连人有一种岛屿意识——孤立而独立，自卑并自负，封闭却又充满想象。被浪涛簇拥的城市，恰恰更认定自己的稳固。所以，大连人走出大连，总有惶惶然的漂泊感，无论走得多远或混得多么出色，却总像高飞的风筝，最终也要收线归本，恋乡情节重于其他城市。"对自己所在城市的情感的确多多少少带有自恋的成分，但在外人的眼里大连仍属于"边远城市"（李欧梵语）。

东北老百姓在自己的概念里和外界隔着两道屏障，一道是以山海关为界，把人分为关里人和关外人；另一道似乎也不是以淮河为界，而是泛指中原以远的南方人为南蛮子。反过来，东北在中原人和南方人的眼里也是永远的边地。早年有许多人根本分不清东三省哪个是哪个，经常有人给我写信时信封上写的是：辽宁省长春市。韩少功当年在《作家》发表《文学的根》之后，在一篇文章中提到这个话题时，说《文学的根》是在"偏处一隅的《作家》上发表的"，显然，曾经的伪满洲国都城、现在的吉林省省会城市——长春，在一个湖南人心目中仅仅是个"偏处一隅"的城市，这也许是南方文化一直占据中国文化主流地位的思维无意识地流露。正是在这样的意识形态习惯下，麦城的诗在李欧梵的评价中，怎么看都是"乡下诗"。他并不是要贬低麦城的写作，但确实是一不留神暴露了一种视角："那首《形而上学的上游》足足有一百多行，然而细读此诗，却发现它毫不抽象，更没有当前时髦的法国理论家笔下的那种'形而上'的寓言味道。我觉得他说的仍然是日常生活中的故事，不过故意把它写得支离破碎，但有心的读者仍然可以在其中闻到乡土味。"（李欧梵《读麦城的诗》，《词悬浮》序，人民文学出版社，2005年12月）苍天啊，这里李先生把麦城那么有飞翔感的诗，说到底还是归结为了某种"乡土味"。

二

　　他只想单纯地生活在愿望里、完整地生活在本性中，而不想要"破坏性"现实；他永远在寻找一个纯洁的世界……

——茨威格《荷尔德林》

2000年夏天，麦城的"世纪末焦虑症"犯了，他坐立不安地一直在谋划一件大事，几次约我和几个朋友到大连开"御前会议"。最初的想法是搞一个大动静的大连国际诗会，从文化高度与已经声望日隆的大连另外一节日媲美。打算至少要请两三位获得诺贝尔文学奖的诗人莅会，首选是获奖不久的波兰诗人希姆博尔斯卡。从大连回来，我领受的任务是"细节决定成败"：设计会议信封、邀请函用纸、会议海报等。依稀记得，我和一个搞美术的朋友一起设计的会议专用信封右下角，用的是十分飘逸的李白线描画像，还请人将会议名称等文字翻译成英文印在信封和便笺上。多年后，有一次办公室搬家，从一堆旧杂志的夹缝间掉出一摞信封，定睛一看，正是这白白浪费了我们四五天时间的宝贝什物。因为运作起来，觉得国际诗会有太多组织方面的障碍，一时难以克服，就赶紧将计划"打薄"，把活动改成了一个大型诗歌研讨会。这个会就是"大连·2000年中国当代诗歌研讨会"。其实，这个名目也是够大的，按惯例不是中国作协主办，至少也得是国字号之类的机构来举办才是。但麦城说要开，这个会就能开。这时的麦城已在商界把公司做得风生水起，一个人能把自己并不是多么喜欢的事做得像模像样，若做自己喜爱的事情，那必然会是驾轻就熟、如鱼得水。于是，在2000年冬天，很少大雪纷飞的大连，浩浩荡荡来了百十来号文人，偌大的五星级富丽华酒店大堂里，忽然感到了拥挤和嘈杂。每一次上上下下的电梯门打开，几乎都会看到西装革履的学者或者是一头乱发的诗人。酒店有两个咖啡厅，天天都会有不是高鼻梁蓝眼睛的人在那里把酒临风，高谈阔论。

一个文学艺术方面的会，开得成不成功，办会的人必须牢牢抓住两个指标：一个是都有什么人来参加了，另一个是会议的宣传报道怎么样。应邀参加这次会议的各界人士有（排名无法有序）：李欧梵、谢冕、郑敏、牛汉、程光炜、曲有源、徐敬亚、陈超、洪子诚、唐晓渡、张枣、王鸿生、任洪渊、宋琳、谢有顺、吴思敬、孙玉石、王一川、钟鸣、张柠、乐钢、孟明、田原、杨匡汉、张笑天、张胜友、董秀玉、孙绍振、芒克、西川、李陀、叶兆言、刘福春、吴俊、耿占春、张新颖、南帆、于坚、陈仲义、王小妮、杨克、张梅、柏桦、朱朱、小海、赵野、朱文颖、沈奇、阎月君、王晓峰、孟晖、陈树才、莫非、孙晓娅等，有关方面和主办单位负责人有：程永新、宗仁发、蔡翔、杨斌华、林建法、张懿翎、何锐、素素、孙岳、熊原、东川、周立民等，再加上日本大阪外国语大学教授是永骏先生。是永骏先生是原来要办国际诗会时，拟邀请的名单中在会议去掉"国际"二字后，仍然到会的纯外国友人，与会者中还有一些是外籍华裔学者或诗人。显然，这样的会议阵容是不可复制的，仅从"名单学"的意义上看，也绝对可以说是历史性的。这次会议名义上的主办方有：大连金生实业有限公司、收获杂志社、作家杂志社、上海文学杂志社、当代作家评论杂志社、山花月刊社、作家出版社、文学报社、大连日报社等九家单位。研讨会的开幕式演出，麦城邀请了俄罗斯国家交响乐团担纲助阵。

此次会议的主要报道有两篇会议综述，一篇是梁溪子（经过我核实这是吴俊阁下的笔名）写的《大连诗会：中国新诗百年绝响》；另一篇是李静写的《中国新诗的两次重大诗会》。看看会议报道组亲自操刀的这两员大将，就足见会议的高规格了吧。梁溪子的文章中开篇写道："世纪末的最后一周，北方滨城大连的料峭寒风中注入了一股初春的暖意。12 月 25 日至 27 日，来自全国各地和海外的七十多位诗人、批评家、学者冒着飞扬的瑞雪，前来参加规模盛大而隆重的'大连 2000 中国当代诗歌研讨会'。在整整三天的会议期间，全体与会者意气风发，畅所欲言，针对中国新诗的百年历程和当代现状，发表了丰富多彩、独出机杼的真知灼见。其中，既有基本共识，也有商榷、争论乃至对立的观点，但所有的一切都在证明着一个事实，即诗歌问题仍然是一种具有丰富而深刻的现代性内涵的文化关注焦点和无法取代的严肃存在。特别是当中国诗歌在许多方面陷入困境、面临危机的时刻，作为中国文化、中国文学和中国精神的一种主要表现形态，她在整个世界和人的心灵深处，依然顽强地滋长着、弥漫着、渗透着，这种生命力产生了巨大的召唤作用，使严冬的萧条最终无法抗拒春意盎然的勃发生机。在这种意义上，世纪末举行的这次大连诗会，不仅真正构成了中国新诗的百年绝响，而且也堪称中国诗歌在新世纪发展的一个建设性开端。鲜明而突出的历史性和开创性特征，将把这次近二十年来难得仅见的文学盛会及其具体收获载入史册，铭记悠远。研讨会上，与会者围绕着有关中国百年尤其是当代诗歌发展进程中的一系列重要问题，如诗歌语言的嬗变、诗歌理论的建构、诗歌创作与诗歌评论的互动、诗歌与文化传统及社会环境的关系、当代诗歌的文学史贡献及地位评估、国际化背景下汉语诗歌的姿态与特性、中国诗歌的未来走向和多种可能等，全面深入地展开了热烈的交流和讨论。"（《山花》2001 年 3 期）这种略显夸张的语调，今天看来有些恍如隔世，但读来还是会为那种单纯而执着的心态而感动，现在的我们是不是都有点儿退化得可怕了呢。李静的文章主要是把这次诗会与二十年前的诗会联系起来纵向比较。所说的两次重大诗会，第一次指的是 1980 年的南宁诗会，那次诗会关于朦胧诗的争论成为当代文学史的一个节点。第二次就是指这次大连诗会。李静从理论建构：新诗怎么读和诗学观念、新诗怎么写两个角度，把研讨发言的一些重要观点言简意赅地进行了归纳总结，看得出研讨是有广度和深度的。

有点儿搞笑的是，这次诗会居然还一本正经地发表了一个"会议宣言"，但媒体觉得叫成宣言是不好发表出来的。于是就改为了《2000·诗歌意见》这个有点儿不伦不类的题目。这个"意见"的初稿，印象中是谢冕老师动手起草的，我问过一起参与起草的徐敬亚，他说不记得是谢冕老师参与起草的，但我还是在谢冕的学术纪事中找到了记载：2000 年"12 月 24 日至 28 日，经沈阳飞大连，出席本世纪最后一次诗歌会议。圣诞夜抵大连。出席此次会议的还有李欧梵、是永骏等。谢在会上作题为'告别二十世纪'的讲话，并参加起草会议宣言：《2000：大连意见》"（孟繁华、张志忠主编《谢冕教授学术叙录》中收有《谢冕学术纪事 1932—2002 年》一文）。我们在酒店的房间里，对着一台笔记本电脑字斟句酌，最后把稿子敲定下来，已是后半夜了。实际上这个所谓的"诗歌宣言"，并没有引起多少重视。

会后还有一个插曲是南方某大报发表了一篇麦城的采访录，配发了几个诗人对麦城褒贬不一的点评，一时为诗歌界热议。我想大连诗会作为世纪末的一个奇特文化景观，麦城的动机是非常单纯的，一个喜欢诗歌的人，在有能力做点儿什么的时候，为诗歌做一点儿事。对这样的举动真的是要大加赞赏，没必要求全责备。媒体更不应该为了吸引眼球，而偏离事实去伤害他人。时过境迁，今天再把这件事心平气和地回溯一下，觉得这家媒体处理这个稿子太标题党了。这篇访谈引题用的是"文化赞助商浮出水面，金钱换文化引争论"，正题是《一半是诗歌，一半是金钱》，其动机已暴露无遗。访谈文章后面找来说话的几位诗人实际上很无辜，他们只不过是被拉进了自己并不知情的一个现场。

三

> 我知道，生活并不顺利……你也是
>
> ——古米廖夫《五步抑扬格》

    麦城的先辈与大多数闯关东的移民没什么区别，也是来自山东，具体点儿说是来自胶东半岛的南端，黄海之阳的海阳。他的童年生活以及他的父母连影子都被一把"岁月的密锁"封存。在早年熟悉他的朋友口中得到只言片语，知道他生于沈阳，出身于一个军人家庭。

    麦城像那些童年就被忧伤击中的诗人一样，幸运的是他还拥有一个非常疼爱他的外婆。

> 姥姥跟我说
> 她小的时候
> 仅用一个纸叠的灯笼
> 守岁
>
> …………
>
> 尽管，姥姥叠的那盏灯笼
> 早已不在

但，纸灯笼里的纸光芒

却还在照着姥姥的脸

——《纸灯笼里的纸光芒》

　　麦城童年遭遇到的那么多的伤心事，得依赖"姥姥脚踏上缝纫机 / 嗒嗒嗒嗒嗒嗒……跟针线一起 / 织进了我的蓝布衣里"。"多年以后 / 放学回家的路上 / 蓝布衣上的一根线头开了 / 我顺手一拽 / 姥姥那份表达 / 被我越拽越长。"（《缝纫机》）在麦城做作业时，守候在身边的也是说着山东方言的外婆："她蹲在炉灶前 / 往我的未来 / 添加着人间香火 / 作业里的错别字 / 被蹿出来的火苗 / 烧得吱吱乱响。"（《外婆·纪事》）当麦城到了不惑之年，寻找到爱情生活时，还是要尊听外婆的唠叨与教诲："外婆一边用针线给我的性格锁边 / 一边缝她的牵挂 / 孩子，只要浇水 / 爱就能长出叶子来。"（《栽在花盆的一个句子》）甚至当友情出现某种危机时，麦城也得向外婆求救："夹在腋下的体温计 / 能量我的体温 / 也能量你的问候 / 外婆边看边说 / 友谊的温度怎么低到了零下 / 一定是信任着了凉 / 煮点姜汤 / 里面多加些糖和爱 / 趁热喝下去 / 然后盖上被子 / 等人生悔恨捂出了汗 / 一切如初。"（《夜记》）在麦城的情感世界里，只要是想到温暖，祈求光亮，外婆的形象就会毫不迟疑地闪现在眼前。哪怕她手里能持有的不过是一盏纸灯笼，放射出来的仅仅是微弱的纸光芒。有趣的是，外婆不仅呵护着诗人自己的命运，她还不断扩大恩泽，延展为一个普度众生的"外婆神"。在麦城写给树才的诗里，外婆出现了："那张老桌子 / 是你外婆的外婆留下来的 / 浙江话被木纹里的明代思维刨光以后 / 或多或少带有封建口音。"(《乡下的人世物语》) 在麦城写给李笠的诗里，外婆也出现了："你外婆说 / 你的童年只差一分没考上 / 上海本地的快乐。"(《撬开岁月的密锁》) 在麦城写给晓渡的诗里，外婆又出现了，不过这个外婆已很难分清是晓渡的外婆，还是麦城的外婆。但作为守护神的形象依然熠熠生辉："外婆依旧坐在岁月的炉膛前 / 她左手摇着扇子 / 右手往炉膛里添着 / 焚烧寂寞用的劈柴。"(《没上锁的往事》)

几乎所有童年压抑的诗人都是耽于幻想的，麦城早期的诗作这种色彩尤为浓烈：

真想

有一个歌声布置好的天空

这天空，没有风暴

没有古怪的枪声

像我的眼睛

没有乌云

在这样的天空下

有一只羽毛丰满的鸟

给我捎来从天堂订做好的日子

让所有梦想

随一次降落而降落在我的手上

并掰开我的手指

帮我松开忧伤

…………

——《真想》（写于 1985 年）

　　无法猜想在这样充满渴望的句子后面，隐藏着多少难以
排解的苦恼。好在诗歌成为麦城的情绪出口，在这些具有代偿
作用的诗句里，他构筑起一个可以与不如意的现实抗衡的语言
世界。

　　对麦城 20 世纪 80 年代的作品，于坚的评价还是非常高
的："麦城的诗歌在 80 年代的诗歌潮流中是独特的，它既不是
日常生活经验的口语化呈现，也不是翻译语体的意象组合和抒
情游戏。他的渊源和已经在朦胧诗中展开的某些部分有关，例
如顾城诗歌中的那种格言效果，但麦城的诗歌却不是简单的格
言，它是那种形而上的理性思维的具体化展开，那些并不明确
的部分在他的写作中成为一种自觉的话语方式，'门上好像爬
满了历代的敲门声''我只想用橡皮把自己从黑暗里一行一行
地擦去''她期待一部电影 / 能拍摄到她的悲伤 / 能把她的悲
伤演完''端起杯子 / 却不见你爬上岸来 / 杯子里，打不出水
井''从脸里取出泪水 / 从我里取出人间''有些东西必须定期
放在树上 / 比如风暴''你指着学校早年的一块黑板 / 指着指着
/ 日子就黑了''把春天从字典里查出来'……麦城诗歌的特

点是把名词用具体的意象、动词加以复原式的解构，他似乎站在语词的皮影后面，牵动它们，改变他们之间已经固定的死亡关系，使那些已经僵硬的，再也感觉不到的名词回到他们最初进入命名的地方去，复原它们与人生、世界、自然的那种本原的、本真的、鲜活可感的关系，他的游戏是使语词之间已经固定的关系陌生化，让那些死亡的名词活起来，成为有血有肉的舌头。他的诗歌不是从现实的经验出发，而是从对语词（尤其是那些已经形而上的名词）的怀疑和恐惧出发，他走的是奇谲吊诡一路。"（于坚《大连湾的沉船》，《作家》2001 年 2 月号）

麦城写诗起步阶段的轨迹越到后来越显得神秘莫测，他在辽宁文学院的作家班学习过的经历，对他来说，不过是留下了几个至今仍然有联系的同学，偶尔聚会时会一起喝上几杯。力践也是他这个作家班上的同学，两个人还住在同一宿舍的上下铺。除了这点儿可怜的材料，麦城学写诗的蹒跚形态则很难有人知晓，这些消失了的轨迹，用接近空白的方式更加明晰地证明了他对自我的更高期许。因此，不管他曾被戴上过多少电子项圈，他都会设法把些"劳什子"鼓捣坏，让那些轨迹仍是一片模糊。而他向他喜欢的诗人们致敬的方式就是用自己满意的作品和他们的作品站在一起。细心的读者会发现一个小小的秘密，本世纪初的若干年里，在《作家》《上海文学》等杂志上，会看到麦城的诗与杨炼、于坚、钟鸣、张枣、臧棣等人的诗在同一期上毗邻出现。本来写诗的麦城是个独往独来的豹子，可发表作品的时候，他又愿意变身为群居的狮子。但不管怎么说，猫科动物的属性仍是不会改变的。

四

我到处走动，没有做别的，只是要求你们，不分
老少，不要只顾你们的肉体，而要保护你们的灵魂。

——苏格拉底《自辩词》

当我们在生活中的王强和写诗的麦城这两个名字之间穿
梭时，不得不承认麦城的笔名取得还是非常成功的。作家诗人
的名字有一种说不出缘由的重要，如果把苏童的作品署名改为
原名童忠贵，把格非的作品署名改为原名刘勇，把芒克的作品
署名改为原名姜世伟，大家不知道会感觉有多么别扭。麦城笔
名的选择，有一种置之死地而后生的决绝的悲剧意味。作为王
强，他知道全中国有一千多万个人把这个名字赋予了一种普遍
的世俗理想，要彻底摆脱掉这种庙堂加江湖的气息，他一定要
重新来一次自我命名，这个命名也必然会与王强的意义势不两
立，必须能消解掉那个名字携带的难以揩净的痕迹。大家见到
王强这样的名字常常会一带而过，而见到麦城这样的名字则都
会产生好奇心。余秋雨在谈到麦城这个名字时说："麦城是中
国历史上一座有点儿象征意味的小城。象征什么？好像与失败
有点儿关系。它对抗失败、接纳失败、安顿失败，然后它成了
失败的终点和起点。成功看到它，反而有点儿怕了。失败经由

麦城,改变了寻常意义。""像这样的历史意象,本来在中国遍地可拾,但不知怎么大多失落了。现在,有一座小小的麦城竟然迁移到海边,不事张扬地安静落脚。似诗非诗,似文化非文化,似音乐非音乐,似景观非景观,那就算是一些朋友偶尔去走走的城堡吧,那里空气新鲜、古风犹存、冷清寂寞,夜间,或许有一些酒香飘出,醉意间闪亮出电石火光。"(余秋雨《海边那座麦城》,作家出版社,2000 年 9 月)唐晓渡对麦城这个名字,给出的诠释是:"无论是出于自况、自省还是自嘲,'麦城'这个笔名都别有一种深长的意味。我从未就此询问过王强,因为我知道,尽管共用着一个身体,一条舌头,一根声带,一双手,却不应把他们混为一谈。一个最简单、最直接的区别在于:王强必须尽可能地避免可能的失败,而麦城则相反,他似乎从一开始就主动选择了失败。"(唐晓渡《先行到失败中去》,《当代作家评论》2001 年第 1 期)在我写下关于麦城名字这段文字之后,终于想方设法找到了一段麦城的自述,这是我看到的麦城发表出来的唯一不分行的一段文字:"我,王强,身材并不如名字所希望的那样苗壮,所以以一种方式反抗失败的可能性,故此取笔名麦城。"(《鸭绿江》1988 年 7 月号,组诗《世界的断面》所附作者自述)这句难得考证出来的自述,十分有力地证明了大家对麦城笔名含义的理解都是对的。

现在,我们再来看看麦城受到赞誉最多的这首诗《碎》吧:

深夜一点

在一张旧纸里

我听到一句比旧纸还要旧的话

我走向桌子

贴近那张旧纸

左看，右看

纸里的人没有说话

甚至连说话的爷爷

也没看见

气得我把纸搓成一团

扔进纸筐

这时，纸筐里慢慢传来

刚刚说的那句话

我弯下腰，从纸筐里

把那张旧纸拿出来

撕了个粉碎

就在我把碎纸片扔出去的时候

那个人在碎里

又跟我说了一句话

兄弟，你见过碎吗

你能把旧撕成碎吗

你能把碎撕成碎吗

尽管麦城自己并不是特别看重这首《碎》，可诗人和评论家的评价与作者本人却略有不同。张枣在《略谈"诗关别材"》（《作家》2001年2月号）中认为《碎》无疑是一首难得的力作。唐晓渡认为："《碎》不着痕迹地叙述了一个介于现实和梦幻之间的小小场景片段，其从容不迫，其纯粹精警，其把握日常和神秘间张力的微妙程度，在麦城迄今为止的创作中均属仅见。"（唐晓渡《先行到失败中去》，《当代作家评论》2001年第1期）

在夜深人静的时候，无法入眠的诗人，曾经的激情和梦想如浪潮般袭来，将海岸边已经干涸的砂石润湿，然后就匆匆退去。诗人听到旧纸上的一句话，就如同斩断九尾蛇的故事一样无奈。当"我弯下腰，从纸筐里／把那张旧纸拿出来／撕了个粉碎／就在我把碎纸片扔出去的时候／那个人在碎里／又跟我说了句／兄弟，你看见过碎吗／你能把旧撕成碎吗／你能把碎撕成碎吗"。强大的存在是一个诗人根本无以抗衡的，无论是个人从未坦露的隐秘心思，还是所参与的任何社会行为，都会是那无法撕成碎的碎。

对于来自世俗性的材料的拒绝，对于来自抒情性因素的排斥，造成了麦城诗句的高度干净，只剩下一根根光亮亮的骨头，看不见血肉。

麦城的诗格外注重简洁，并把简洁转化成为语言运用的一种习惯。他的诗没有闲笔，不能有哪一句是漫不经心的，或者忽然跑调。为使这种对简洁的专注不受到丝毫的干扰，当写

《碎》这样诗的时候，他一定要把场景选择在"深夜一点"，倘若放在晚上 10 点，他都不能放心。因为要从那张旧纸里听见说话的声音，是不能有其他任何声音干扰的，必须夜深人静。在一张旧纸里听到了一句比旧纸还要旧的话，这是比博尔赫斯"行刑队用四倍的子弹，将他打倒"还要牛的句子。博尔赫斯的句子里只有倍数，没有基数。麦城则是既没有倍数，也没有基数。此时，所有的过去，通过这样一个句子都与现在紧紧联系起来，这个瞬间里，对遗忘的万般努力，都轻易被这样一句话瓦解。对现代诗的批评声音中，经常会有人说，现代诗是碎片化的。当读过麦城的《碎》之后，或许才会耐心地感觉到，所谓碎片和整体，并不会随着形状的变化而失去内在的本质，而恰恰是在碎片与整体的关系之中，更会凸显出存在的真实，否则，那些所谓的整体，除了宏大的空洞和虚张声势之外，等于没有说出任何什么。对宏大的膜拜是十分原始的图腾崇拜的遗存，在语言的意义上，大与小等这类描述应该先去除扭曲的观念形态遮蔽，还原回它的本真意义。

五

我的灵魂在芬芳中飘荡，犹如他人的灵魂飘荡在音乐上

——波德莱尔《恶之花》

2001 年 1 月 5 日晚上，在上海大剧院举办了一场多明戈独唱音乐会。这是多明戈首次在中国举办独唱音乐会，也是他在新世纪的第一场独唱音乐会。此次音乐会在上海可谓是一票难求，而且票价最高达到三千元一张。来欣赏这场音乐会的听众中，居然有十几个人是麦城邀请来的"亲友团"。外地的有于坚、张枣、臧棣、钟鸣、徐敬亚、王小妮、林建法、张懿翎等，上海的有王安忆、程德培、程永新、蔡翔、吴俊、郑逸文等，四面八方来的人，都是麦城给买的往返机票，住的地方是和多明戈同在一家酒店——上海的波特曼酒店。这样的魄力和举动，恐怕只有酷爱音乐的麦城能做得出来。这也是麦城人生愿意把美好的事物拿给朋友分享模式的一个组成部分吧。这场音乐会台上出现点儿意外，多明戈在演唱《今夜，星光灿烂》的时候，因为感冒，唱到一半时不得不中断。好在稍事休息后，在演唱后续的曲目时又很好恢复过来了。音乐会的高潮出现在多明戈与廖昌永、和慧三个人一起唱三重唱《康定情歌》的时候，观众完全沸腾起来，听着多明戈发音不准的笨拙汉语反倒更多了些亲切。听音乐会之前，吃晚饭的时候，好像有人叮嘱我们几个乐盲，别乱鼓掌，到时候要留意麦城的手势行事。

　　江湖上将麦城请朋友们到上海听音乐会这件事也当作了谈资笑料，听说过传闻的刘小枫，他在给麦城诗集《历史的下颚》写的序言中，曾提及此事："结识麦城十五年，一些事情让我长期困惑不解：为何写诗成了他的志业，实业反倒是他的副业？接济穷途潦倒的有才华的汉语诗人显示了他的豪气，但为何他要年复一年在一些他明知已经残废的诗人身上抛撒钱财？为何他对大提琴拉出的二胡韵味如此痴迷，以至不惜破费请一堆诗人从全国各地赶到上海大剧院听现场？为何他经常请各色墨客吃饭，似乎有千言万语要说，却每次在饭桌上都一言不发？读过这部最近的诗集我才明白：诗人脚下返乡的鞋子在迈向汉语诗歌的未来时，每一步恰巧都踩在历史的点子上——这部诗集结集的是 2009 年至 2012 年的诗作，在那些年里，我记得，历史的局部的确一直在下着忧伤的小雨……"刘氏疑问或许是许多人的同问，但刘氏答案未必能成为标准答案。

了解麦城痴迷于音乐的诗人柏桦，把音乐和诗歌的关系联系起来分析道："我知道他非常喜欢音乐，或许他感到他能在音乐中最好地表现他自己。但他不是音乐家，他只有通过诗歌完成他对音乐的热爱与理解。的确，他的诗读起来颇具有音乐的美感。有一位美国诗人阿什·贝里曾声明过：'我所喜爱音乐的原因，是它能使人信服，能将一个论点胜利地推进到终结，虽然这个论点的措辞仍然是未知量。保存下来的是结构，论点的建筑方式，风景或故事。我愿在诗歌中做到这点。'我想麦城也愿在诗歌中做到这点的。就这样，他也做到了这点。"（柏桦《他的另一半是成功的》，《作家》2001 年 2 月号）

麦城不仅喜欢听古典音乐，他还经常孜孜不倦地给朋友们普及。他是在微信里给大家发音乐视频最多的一个。麦城还有一项绝技，他的口琴吹得不一般。在一次酒局上，他乘酒兴表演了几首，令人大开眼界，得到了在座的专业和非专业人士一片赞扬，我当时也有幸在场。

给麦城日语版诗集写过序言的谷川俊太郎也是一个古典音乐迷。他在接受《新周刊》杂志的《新周书房》专栏记者采访时有过这样一段对话：

新周书房：你说过音乐伟大，听大量古典音乐，却没有成为音乐家。这其中是否有天选之才的意味？上帝选了你做诗人，却选了你的母亲和儿子做音乐家。

谷川俊太郎：我既然不是既成宗教（神佛）的信仰者，又没有把称为神的存在理解为人的姿态和形体，但总觉得有一股超越自我的力量在驱使着我写作。不仅仅是诗歌，在别的艺术世界里，有很多天赋的才能造就了让人们认为是天才之作的作品，这一点是无法否定的。

新周书房：古典乐对你意味着什么？你常听的古典乐，跟你的诗歌写作之间，有哪些互为灵感之处？

谷川俊太郎：在我写诗之前听过很多的古典乐，但是没读过什么诗。我认为语言基本上是诉诸意识之物，与其相反的音乐却在意识之下，即它诉诸的，是语言以前——所谓的潜意识。来自音乐的感动跟喜怒哀乐的感情不同，带给我一种活着的力量。诗歌远比散文接近音乐，我经常听的音乐家有巴赫、莫扎特、韩德尔、贝多芬、巴托克、德彪西等。虽说从音乐直接获得灵感所创作的作品屈指可数，但是我会像对待音符一样去对待词语，以及诗歌的韵律和节奏，这是我非常注重的意识对象。

说到谷川俊太郎，他第一次来中国还是缘于麦城从中牵线给他出版诗集的中文版。谷川一到北京，在东三环凯宾斯基酒店，麦城组织的一场稍显盛大的饭局已在等待着他了。这场饭局，除了京城的诗歌大佬，外省的还请了西南的于坚和西北的沈奇。喝得酒酣耳热之时，麦城站起来朗诵了谷川俊太郎的《死去的男人遗留下的东西》：

死去的男人遗留下的东西
是妻子和一个孩子
其他什么也没被留下
一块墓地也没被留下

死去的女人遗留下的东西
是一朵枯萎的花和一个孩子
其他什么也没被留下
一件衣服也没被留下

死去的孩子遗留下的东西
是扭伤的脚和干掉的泪水
其他什么也没被留下
一个回忆也没被留下

死去的士兵遗留下的东西
是坏掉的枪和倾斜变形的地球
其他什么也没被留下
一个和平也没被留下

死去的他们遗留下的东西
是活着的我和你
别的谁也没曾留下
别的谁也没曾留下

死去的历史遗留下的东西
是辉煌的今天和将要到来的明天
其他什么也没曾留下
其他什么也没曾留下

　　这个朗诵倘若是原原本本地进行，那就太不像麦城的方式
了。在麦城的记忆中，他的所谓的朗诵不过是一次即兴的改编
创作："一个男人走了／连性格也没有留下／一个女人走了／连

爱情也没有留下 / 一个孩子走了 / 连童年也没有留下 / 一个士兵带着把破枪走了 / 连和平也没有留下。"麦城的亮点在结尾处:"今晚如此热闹的饭局散了 / 大家都走了 / 连一个结账的也没有留下。"对于性格内敛的日本诗人,听到这样的朗诵,谷川俊太郎也是忍不住开怀大笑。愉快的首次中国之行结束时,麦城送谷川俊太郎去机场,在路上谷川问麦城:"古玩中你喜欢陶瓷还是青铜器?"麦城不知何意,顺口说:"喜欢青铜器。"想了想,他又补充说出个理由,"因为青铜器与易碎的陶瓷不同,它是有硬度的东西。"于是,谷川告诉麦城为表达对他的感谢,谷川决定要把梁启超当年流亡日本时送给谷川俊太郎父亲的一件青铜器送给麦城。谷川俊太郎的父亲谷川彻三是日本的哲学家、评论家、法政大学的校长,也是一位收藏家,和梁启超有过交集。后来《新周刊》一位记者在采访谷川时,曾向他询问此事,谷川说期待麦城能到日本去,以便举办个小小的仪式来完成这件事。

虽然至今这件事还没有完成,但谷川已经借由另一种方式表达了对麦城的喜爱——他为日文版的《麦城诗选》作了如下的序(田原译):

摆脱了领带束缚的白衬衫
是在你内心飘扬的叛旗
随手从口袋里掏出的一捆捆钞票
是你幻想的毛根丛生的土壤

你从这片土地上收获钢铁和混凝土的现实
然后再用语言把它们归还给荒野的怀抱

容貌相似模样俊俏的诗歌姊妹
诞生于血脉相连近亲通奸的文字之间
在因翻译的背叛反而加深的情感里
我想起了与你无声的交谈
我们共同拥有凌空飞翔和地上的爬行之物
被历史束缚，又将历史踢开

在大连石造建筑的铠甲里
我梦见了用麦秸编织的富有弹性的城堡
栖息于此的灵魂也许不情愿割断
在空气、雨水、阳光、朽叶土与人心融合之地
潜藏着因理解而无法接近的秘密
正因如此，它才会被献上无尽的碰杯

2002 年在麦城的运作下，谷川的第一本汉译诗集《谷川俊太郎诗选》在中国由作家出版社出版了，谷川专程来北京参加了首发式。在首发式上谷川说："我没有看见麦城是怎么赚钱的，但我看到了他是如何花钱的。而另一个大洋彼岸的诗人史蒂文斯呢，我是既没有看见他怎么赚钱，也没有看见他怎么花钱。"

前不久，看到谷川在接受媒体采访时还说："中国诗人吃饭太豪华了！"估计谷川这老头儿，当年是被麦城的大排场给惊着了，日本人请客可不是这样的路数。2006 年，在东京几个日本的大学教授，请我们来访的一拨中国作家吃饭，吃的是他们平时不怎么舍得吃的牛肉火锅，餐桌上的菜量非常有限，客人们吃起来都不得不矜持。饭后几个大教授叨叨咕咕地现场 AA 制结算，连零头的钢镚儿也在餐桌上叮叮咚咚地跳来蹦去。作为中国客人，看着这样的情景，也是无语。

六

愿意成为诗人的人必须自己就是一首真正的诗

——弥尔顿（见《弥尔顿传略》）

我与麦城第一次见面就很特别。大概是 1999 年的夏天某一个午后，和我只有通信联系未曾谋面的麦城突然打来电话，约我当天晚上 7 点 30 分到大连的一个饭店去赴宴。他的约请是不容分说的，并且带有强迫的热情，让你感到如果不能按时赴宴，似乎就是一种违约之举。我在电话里一边支支吾吾，一边盘算怎么可能实现这个约定。在我还没有整理好思路的时候，麦城已经像得到我的肯定确认一样说："咱们不见不散。"放下电话，半天我也没有缓过神来。当时，长春到大连每天只有一个航班，是上午 9 点钟出港的。那时东三省之间还没有高铁，特快列车长春到大连，最少也需八个小时，即便是马上去火车站赶任何一班最快的车也是来不及的。急中生智，唯有一个办法，找一辆的士，从长春沿哈大高速开车过去。时间已不容多想，我马上去火车站附近，找到一个专门跑长途的出租车，让他们带一个备用司机，两个人换班开。大约 2 点 30 分我们出发了，一路上两个司机小伙子真是麻利，也没有在任何一个服务区休息。长春到沈阳高速是三百三十左右公里，沈阳到大连是三百六十五公里，不算市区，等于就是七百公里的路程，终于在晚上不到八点钟时，赶到了麦城约定的饭店。个子不高，穿着深色笔挺西装的麦城已在饭店门口抽烟等候。当时，我对麦城的了解几乎是零，只是听林建法说大连有个朋友，既做生意，又写诗。麦城的衣着打扮让人有一种说不出来的怪异，也许是看到的人和猜想的对象无法吻合。他的整齐利落丝毫也没有透露出诗人放荡不羁的气息，说话时也是字斟句酌，还略带点儿轻微的口吃。他的身上好像贮满了等待爆发的力量，但这又仿佛是他并不愿意暴露的秘密，只好小心翼翼地掩饰着，生怕周遭无意间碰撞出的火花把无处不在的引信点燃。

这样的突然袭击游戏，我们几个朋友在上海也曾对潘凯雄兄"重排"过一次。那天在德培的一个朋友的生日酒宴上，几个哥们儿喝高了，就忽然想起给潘凯雄打电话。说着说着就开始忽悠他，让他第二天飞来上海，一起喝顿酒就回。轮番抢着讲电话时，潘凯雄就问我要他去上海干什么，我就告诉他，关键是不干什么，就是来喝顿酒。他不知怎么接话。我进一步说，想一想，在你的人生经历中，以前从没有过这样的事情，仅仅是为了和朋友一起喝顿酒，自己掏腰包买机票，从北京飞到上海，喝完酒然后再飞回去。对我们个人及朋友之间的记忆而言，难道这不是特别重要吗？我酒后的语言貌似逻辑性强大，害得他不好反驳。第二天，他果然来了，大家也为这次特别的聚会感受到了恶作剧的愉快。

麦城曾有一个偏嗜：喝啤酒兑可乐。每当第一次和他在一起喝酒的人向他投来诧异的目光时，他竟毫无感觉，仿佛他这种怪异的喝法本来就是天经地义。看麦城这种独特的喝法，令我想起，20世纪70年代，我下乡在农场时，有个同事老房，喝酒兑酱油，这是他的解酒秘籍。不兑的话，喝一两白酒就醉，兑了，喝一斤没事儿。实难想象，麦城把酒精饮料和碳酸饮料混合在一起会是多么不好接受的滋味，然而，对麦城而言，似乎在享受着他在诗句里把词语重新发明了一次，使啤酒和可乐一同在他的胃里涅槃了一般。后来不知道什么原因，他竟然把这一坚持数年的习惯改掉了，喝酒时候只喝啤酒，不兑可乐了。看他正常地喝着啤酒，朋友们却又感到有点儿不够正常了。

从交游角度看麦城，我觉得可以单写一部著作——《麦城交游考》。仅我看到的情况，麦城可谓是"交游一时尽英俊"。他的朋友经历过时间的筛选之后，仍然是数不胜数，而且不限于诗人、作家、艺术家。在很长的岁月里，麦城的生意也是有落有起、时断时续，可以说这期间存续的朋友之谊，都是与功利无关的。麦城对朋友请他帮忙的事，几乎是有求必应，他也是个不会拒绝别人的人。有时为了帮助朋友，他还会拉上自己的朋友，让你跟着掉进一个一头雾水的迷魂阵中。然而这种事对麦城来说，他简直就像一个社会义工。有一次，他把一个朋友的长篇小说推荐给了一本有影响的大型杂志，急性子上来了，很短的时间里不停地催问，还给我打电话，让我也给那家刊物的编辑问问稿子怎么样。后来那个稿子发出来了，结果文学界评价还都不错，这里面肯定有麦城的推荐之功。至少是能够让编辑认真读到了这个陌生作者的作品，以免被轻易淹没。他这种古道热肠，有时也会用在关心朋友的生活方面，甚至包括当月下老人。反正谁有什么难处，他都会掏心掏肺、鼎力相助的。

　　二十年间，因为麦城的原因，我究竟去过多少次大连已记不清楚了。除了那些酒局之外，则是时间把一些细碎的记忆演变成相似的现实。有一次，我和麦城、于坚等几个人坐在富丽华的咖啡厅里聊天，看到于坚吃茶点饼干时，是先把饼干蘸热咖啡一会儿，再送入口中。我感到纳闷，心想这饼干有点儿酥脆的感觉不是正合适吗？蘸软了口感该会多不好啊。过了几年，自己到了与于坚当年的年龄差不多的时候，忽然有一天也模仿起于坚的吃法，竟还小有惬意。还有一次晚饭后，和几个朋友在酒店外面散步，走了一会儿，一位年长我六七岁的兄长急匆匆地说，我得回趟房间，有人关切地问有什么事情呢？兄长不好意思地笑笑说，我要回房间解个大手，都两天了，才有点儿胃肠蠕动想去卫生间的感觉，不可错过啊。我想人的身体是不会撒谎的，它或许在用这样日常的方式告诉你，每个人都会老之将至吧。

麦城的生活节奏是早晨从中午开始，晚饭是他的午餐。而午夜才是他的兴奋点。可往往到了那个时段，身边的宾客都已人困马乏、哈欠连天了。明白他的节奏规律之后，有一天夜里我和徐敬亚在酒局结束回住处的路上，商讨出一个对策，预备在接下来与麦城的酒场鏖战时试试是否奏效。办法就是团队作战，轮番攻击，每人从吃晚饭时开始要耗掉麦城能量中的一"格"电，待到午夜时分，就把他的能源耗尽。这样他就没有精神再拉着大家把夜酒天天喝到深夜了。牛刀小试，到了夜深之时，果不其然，梯子酒没有像往日那样继续。麦城虽心有不甘，可明显体力不支，有些悻悻。在第二场的酒桌上沉吟片刻，说谁陪我去吃个大肉面吧。我和敬亚在昏暗的灯光处会意一笑。我们知道这是麦城每天后半夜回家前的最后一道节目了。

七

从文化意义和生命哲学上来说，诗使我更直接地领悟到接受世界以及同时被世界接受的种种可能，我自知自己常常处于多种偶然的临界状态，恐惧成

功、失败、发疯或这世界的种种。因之，我的逃遁
便是诗。

——麦城《自述》

　　麦城不是一个仅仅写诗的人，他是一直在把自己活成一个诗人。他的确是内心和这个世界充满着矛盾、对抗，以致很多时候是分裂的。写诗是他能选择逃离这个世界的唯一方式。他也是十分彻底的悲观主义者，他知道在失败的尽头开始的一切才是最可靠的端点。也可以说现实中的王强身上充满了大地上的力量，不管在别人眼里看起来是多么不切实际或不可能有操作性的事情，他都能找到最有想象力的路径，以大无畏的精神，去克服艰难险阻。从根本上说，我们又不得不把麦城和王强看成一个特别奇特的矛盾统一体。这正如他在三十二年前所言："诗的最后意义，就是使我更出色地做一个人。"（《鸭绿江》1988 年 7 月号，组诗《世界的断面》所附作者自述）